Juliette et la Grande Guerre

Du même auteur

Evguenia. Les îles Solovki, Tome 2, éditions du Rocher, 2017.

Evguenia. Les îles Valaam, Tome 1, éditions du Rocher, 2017.

Sauver Garance. La lettre de Patmos, Tome 2, éditions Téqui, 2012.

Sauver Garance ! Tome 1, éditions Téqui, 2010.

Anne Riolet

Juliette et la Grande Guerre

Tome 1

Un ruban dans les tranchées

PLEIN VENT

Loi n° 49-956 du 16 juillet 1949
sur les publications destinées à la jeunesse,
modifiée par la loi n° 2011-525 du 17 mai 2011.

Éditions du Rocher
28, rue Comte Félix Gastaldi – BP 521
98015 Monaco

www.editionspleinvent.fr

ISBN : 978-2-492547-78-2
EAN : 9782384880065

Chapitre 1

Juliette ralentit à peine à l'approche du virage abrupt. Elle perçut les cris assourdis du chauffeur et elle sourit. Que risquait-elle, sur les chemins larges et nivelés de la vaste propriété de ses parents ?

En cette belle journée d'été 1914, alors que le vent de la course envoyait les épingles de son chignon voltiger gracieusement en compagnie des papillons, elle se remémora sa conversation l'été dernier avec Marcel, d'abord cocher, puis chauffeur attitré de la famille depuis sa naissance.

« Bonjour Marcel ! Quel temps magnifique, n'est-ce pas ?

— Parfait, mademoiselle Juliette, parfait pour une promenade ! Souhaitez-vous vous rendre à Verdun avec votre maman ? Je n'ai reçu aucune consigne de Madame.

— C'est parce qu'il n'y en a pas, Marcel ! », avait répliqué Juliette avec tout l'aplomb de ses quatorze ans.

Un sourire enjôleur avait ensoleillé son visage rond et piqueté de taches de rousseur.

« Voyez-vous, Marcel, j'ai une grande faveur à vous demander.

— Laquelle, mademoiselle ?

— D'abord, d'arrêter de prendre ce ton cérémonieux. Pourquoi ne m'appelez-vous pas Juliette, tout simplement ? Quand je vous aidais à réparer l'automobile, vous étiez plus simple.

— Mademoiselle a grandi… Vous êtes une jeune fille, désormais ! Dites-moi plutôt en quoi je puis vous satisfaire, mademoiselle Juliette. »

Comprenant qu'elle ne vaincrait pas l'obstination de l'homme qui servait fidèlement son père depuis toujours, Juliette avait changé de tactique :

« Très bien Marcel… Vous savez combien j'aime les automobiles… Je vous ai aidé plus d'une fois à la démarrer, à vérifier le moteur pour comprendre ses caprices… Alors maintenant, je voudrais que vous m'appreniez à conduire !

— Vous n'y pensez pas, mademoiselle ! C'est difficile à maîtriser, ces machines. Un coup de volant trop brusque, et c'est le fossé !

— Allons Marcel… Est-ce plus imprévisible qu'un cheval qui retrouve les odeurs du printemps après plusieurs mois d'écurie ? Voyez comme Sultane était excitée hier lorsque nous sommes rentrées de promenade. Elle multipliait les écarts au moindre bruissement de feuilles ! Et pourtant, je ne pense pas avoir fini dans le fossé ! »

Marcel avait retiré sa casquette et avait lissé ses abondants cheveux bruns d'un air malheureux. Le raisonnement était irréfutable, Juliette en remontrait à la plupart des cavaliers et choisissait à loisir des montures difficiles qu'elle maîtrisait à merveille. L'argument ultime s'était enfin présenté à son esprit déjà prêt à capituler :

« Et vos parents ? Estiment-ils que la conduite d'une automobile représente une occupation digne d'une demoiselle ? »

Juliette, qui avait senti le vieux chauffeur sur le point de rendre les armes, avait susurré :

« Mes parents me laissent en votre compagnie depuis que je suis toute petite, Marcel. Ils ont pleinement confiance en vous. »

Et les leçons de conduite avaient commencé. Madame Marsay avait levé les yeux au ciel en découvrant la nouvelle lubie de sa fille, mais sans y mettre d'obstacle : dès l'automne, Juliette regagnerait Paris et le couvent des Oiseaux. L'excellente éducation dispensée par les religieuses atténuerait les aspects fantasques du caractère de sa fille. En attendant, l'été était là, ponctué de rencontres entre voisins, de parties de tennis et de baignades dans la Meuse qui coulait paresseusement en contrebas de la maison.

Pourtant, Juliette avait persévéré. La conduite lui procurait une liberté qui la grisait. Une année s'était écoulée et, de retour dans le grand domaine familial, la jeune fille avait repris le volant, gagné de l'assurance au point de se déplacer dans les villages et propriétés environnantes, le brave Marcel à ses côtés, un peu dépité d'être dépossédé de ses fonctions, mais riant dans sa moustache de la dextérité de sa jeune élève.

Dans un nuage de poussière, l'imposante automobile remonta l'allée bordée de chênes. Juliette chantonnait la dernière valse de Chopin que son professeur lui avait imposé de déchiffrer et dont l'air entêtant lui trottait dans la tête depuis ce matin. Encore une idée de sa mère, le maintien des cours pendant les grandes vacances ! La musique, une occupation idéale quand le ciel gris ne permet aucune autre activité, mais l'été… Lorsque le soleil régnait en maître, Juliette était d'avis que le piano acajou qui ornait le salon devait rester soigneusement fermé. Du mois de juin au mois de septembre, seuls les costumes de bain et les raquettes de tennis avaient droit de sortie. Elle en était là dans ses réflexions lorsqu'une silhouette campée au milieu de la route, bras en l'air, l'obligea à appuyer brutalement sur le frein.

« Un peu plus et tu me réduisais en charpie ! Tu as faussé compagnie à ton chauffeur ? Comment supporte-t-il son chômage forcé ? »

Tout en bombardant Juliette de questions, le jeune homme avait sauté souplement par-dessus la portière et s'était placidement installé sur le siège du passager. Il tourna un visage aux traits irréguliers, mais éclairé d'un sourire ironique qui faisait pétiller ses yeux gris.

« Tu es vraiment insupportable, cher Émile. »

Juliette, imperturbable sous les sarcasmes, ramena une mèche rebelle derrière son oreille, avant d'enchaîner posément :

« Alors, si je reprends dans l'ordre : non, je ne t'aurais pas écrasé car, toute modestie mise à part, j'ai une bonne vue et de bons réflexes. Et oui, Marcel n'a pas besoin de m'accompagner sans cesse. Je suis capable d'aller porter toute seule une invitation à mes voisins.

— Ah, jeune messagère des dieux, bénie sois-tu de me soustraire à l'ennui abyssal de cet interminable séjour familial ! »

Sans détourner son regard de la route, Juliette fronça légèrement les sourcils. Le ton faussement badin de son compagnon lui semblait forcé. Malgré leur écart d'âge, Émile avait toujours apprécié sa compagnie. Lorsqu'elle était enfant, il agissait comme le grand frère protecteur qui lui manquait. Son entrée dans l'adolescence n'avait rien changé. Peut-être la taquinait-il un peu plus, mais il était souvent le premier à la convier aux tournois de tennis où s'affrontait la jeunesse des environs, ou encore à ramer de longues heures sur la Meuse qui enrubannait les domaines de leurs parents de son tracé argenté. Juliette laissa échapper un soupir à peine perceptible. Émile devenait adulte, elle ne devait pas chercher d'autres explications. Il venait d'obtenir péniblement sa deuxième année de droit et de s'inscrire sans grande conviction à l'examen du barreau pour satisfaire aux souhaits paternels. Son père estimait, en effet, que les compétences d'un juriste ne pouvaient que servir l'entreprise familiale. Émile avait déjà évoqué devant Juliette sa déception de ne pouvoir suivre ses propres choix qui le portaient vers la géographie. Il partageait régulièrement avec elle sa passion pour les récits d'exploration et rêvait d'emboîter le pas à ses illustres aînés.

Amundsen, Foucauld, Livingstone, autant de noms qui sonnaient plus agréablement à ses oreilles que les rébarbatifs articles du Code pénal ! Vraiment, songea Juliette, quelle tristesse de devoir se soumettre aux choix familiaux ! Tous leurs amis s'accordaient à reconnaître qu'Émile était doué d'un esprit d'aventure et d'un sens de l'orientation hors du commun. Ils lui confiaient les yeux fermés l'organisation de leurs randonnées estivales et l'avaient surnommé « Boussole » pour son aptitude à retrouver sa route sans l'aide d'une carte. Sans doute Émile remâchait-il son amertume alors que l'avancée de l'été rendait plus menaçante la perspective de la rentrée universitaire. Juliette s'arrêta avant de s'engager dans l'allée de chênes qui conduisait à l'imposante bâtisse des Verdier. Le jeune homme persifla :

« Tu ne me raccompagnes pas jusqu'au perron ? Une jeune fille ne laisse pas un fragile jeune homme sans défense à l'orée de bois sombres… Comment t'a donc élevée ta maman ?

— Une boussole performante comme toi, se perdre dans son propre domaine ? Émile… Puisque je t'ai rencontré, je te laisse transmettre l'invitation à tes parents.

— Oui, je te comprends… Quand il est possible d'éviter une entrevue avec ma chère mère, il faut sauter sur l'occasion ! »

Juliette observa un silence diplomatique, mais un léger sourire éclaira son visage. Madame Verdier était une femme entièrement dévouée à sa famille, à condition que celle-ci se conforme rigoureusement aux codes qu'elle lui avait inculqués. Or, non seulement elle voyait d'un mauvais œil l'amitié qui unissait son fils à Juliette, mais elle ne se privait pas non plus, à chaque fois qu'elle rencontrait la jeune fille, de critiquer la liberté que lui laissaient ses parents. Si elle approuvait sans réserve les promenades en barque sur la rivière et les parties de tennis entre jeunes gens, la conduite d'une automobile lui semblait particulièrement répréhensible ! Ces machines étaient dangereuses et imprévisibles ; comment les Marsay pouvaient-ils laisser leur fille de quinze ans au volant d'un tel monstre ? Sans compter que cela favorisait un esprit d'indépendance tout à fait déplorable chez la gent féminine.

Émile interrompit le cours de ses pensées en posant sa main sur son bras. Il souffla sur la mèche noire qui s'obstinait à lui masquer l'œil droit. Il semblait plus détendu, comme si l'évocation de la désapprobation maternelle lui procurait une satisfaction particulière.

« Toutes mes excuses, ma chère amie. Je suis un bien désagréable compagnon ! Je te promets de me rattraper cet après-midi. On fait équipe sur le court, comme d'habitude ?

— Je ne demande pas mieux… mais j'en connais une qui va faire grise mine ! »

Ils se mirent à rire de concert, à l'évocation de Marthe, une jeune fille qui tentait désespérément et sans grande discrétion d'attirer l'attention d'Émile depuis le début de l'été. Âgée de dix-sept ans, elle ne comprenait pas pourquoi il lui préférait la compagnie d'une gamine au teint hâlé par le grand air, alors qu'elle-même préservait soigneusement la blancheur de sa peau à l'abri d'une ombrelle. Émile grimaça :

« Le jour où elle comprendra qu'il faut lancer la balle par-dessus le filet et que courir peut la décoiffer légèrement, je la prendrai pour partenaire ! »

Juliette souffla sur la mèche échappée de son chignon. Malgré le bandeau de coton blanc qui lui ceignait le front, ses cheveux menaient une vie indépendante de sa volonté. En face, Marthe affichait un air désorienté, tandis que son partenaire, Charles, déjà résigné à la défaite, se préparait au service. La balle de caoutchouc blanc rebondit avec vigueur aux pieds d'Émile. Celui-ci, pris d'un remords tardif – le score était un carnage pour leurs adversaires –, la renvoya en douceur à un mètre de la jupe immaculée de Marthe. Mais celle-ci, loin de profiter de la galanterie de son adversaire, expédia le projectile d'un grand coup de raquette malhabile hors des limites du court. Puis, horrifiée du résultat de son geste, elle se tourna vers Charles qui, bon joueur, se dirigeait vers le filet pour serrer la main des vainqueurs.

« Oh mon Dieu, Charles ! Elle est arrivée tellement vite que j'ai été prise au dépourvu. Je suis vraiment confuse. »

Tandis que Charles levait discrètement les yeux au ciel, Émile, tout en serrant la main de Marthe, eut un élan de générosité :

« Personne n'est à l'abri d'une erreur, Marthe, et vous avez un beau revers qui nous a parfois mis en difficulté. »

Juliette, encore écarlate de l'effort fourni, hocha poliment la tête et reçut avec modestie l'avalanche de compliments des spectateurs assis à l'ombre fraîche des tilleuls.

« Une vraie championne, vous pourrez bientôt vous mesurer à Suzanne Lenglen ! Vous avez son revers le long de la ligne... Enfin presque... Bravo Juliette !

— Suzanne... ? De qui parlez-vous ? »

Juliette leva un sourcil intrigué.

« Suzanne Lenglen. Une incroyable joueuse française. Elle vient de remporter les championnats du monde sur terre battue à Saint-Cloud.

— J'ai lu dans le journal qu'elle n'a que quinze ans.

— Votre âge, Juliette. Allez ma vieille, avec un peu d'entraînement, vous serez capable de vous mesurer à elle l'an prochain.

— J'imagine bien les hauts cris de Maman si je lui annonce que je renonce à mes études pour me consacrer au tennis ! Ma pauvre maman, qui tolère déjà mes lubies de conductrice...

— Oui, quelle idée Juliette ! Vous avez un chauffeur, que diable ! Bientôt, vous nous annoncerez que vous souhaitez piloter un avion et traverser la Manche, comme monsieur Blériot! »

Un éclat de rire général secoua le groupe d'amis qui se prélassait sur l'herbe. L'image de leur amie casquée de cuir et affublée de grosses lunettes d'aviateur aux commandes d'un biplan leur paraissait irrésistible. Seule Marthe, les lèvres pincées, fixait au loin son regard et tentait de digérer la déception de la défaite. Juliette serra discrètement la main d'Émile. Celui-ci retint un soupir, mais vint galamment prendre le bras de la vaincue.

« Venez Marthe, je vous offre une citronnade pour vous remettre de ce match épique. Charles, je vous laisse le soin de désaltérer ma valeureuse coéquipière. »

Juliette saisit la main tendue de son adversaire et se releva d'un bond. Tandis qu'ils se dirigeaient vers la petite table de bois blanc où les bouteilles remplies de boissons fraîches s'alignaient derrière les assiettes de petits gâteaux, Charles observa Marthe qui, la tête penchée vers Émile, buvait ses paroles bien plus que le verre de citronnade qu'il venait de lui tendre.

« Eh bien, Juliette? »

Une lueur ironique traversa le regard du jeune homme :

« Aurons-nous bientôt l'immense honneur d'escorter ces deux-là à l'autel? Je vous conseille de réfléchir à votre toilette.

— Je ne crois pas que Marthe me choisisse comme demoiselle d'honneur, rétorqua la jeune fille avec vivacité. J'ai comme l'impression... Mais vous allez me trouver présomptueuse, Charles.

— Mais non, parlez donc!

— Je crois qu'elle me considère comme une rivale. Quelle idiote! Émile est comme un grand frère pour moi. Nous faisons les quatre cents coups chaque été depuis que nous sommes enfants. Et puis, j'ai quinze ans! Franchement, si l'amour rend aussi stupide, je ne suis pas pressée. »

Charles émit un rire bref :

« Vous êtes bien perspicace malgré votre jeune âge. Non, ajouta-t-il précipitamment en voyant les yeux gris clair de sa compagne virer à l'orage, ne vous formalisez pas, Juliette! Je ne vous traite pas en enfant, vous êtes vraiment devenue une charmante jeune fille. »

Juliette s'adoucit, sensible au compliment sincère du jeune homme. Celui-ci, pensif, reprit :

« Mais vous avez raison, Marthe était dépitée lorsque nous avons constitué les équipes. Elle espérait vraiment jouer aux côtés d'Émile. Pauvre Marthe!

— Pourquoi dites-vous cela? Peut-être qu'Émile est sensible à son charme... Les hommes aiment bien que nous soyons un peu fragiles, non? Cela réveille leur instinct chevaleresque!

— Ce n'est pas ce que je sous-entendais, Juliette. Je ne crois pas qu'Émile ni moi-même n'ayons le cœur à flirter, c'est tout.

— En effet, cela ne m'étonne guère que vous soyez les meilleurs amis du monde. Émile faisait triste figure aussi ce matin. Il accepte mal les études de droit que lui impose son père, n'est-ce pas ?

— Oui, mais pas seulement. Allons ! Cessons d'assombrir cette magnifique journée. Que diriez-vous d'aller canoter sur la Meuse ? La chaleur sera plus supportable sur l'eau.

— Excellente idée ! »

Charles se retourna vers le groupe alangui sur la pelouse et dont le bavardage joyeux se mêlait au bruissement léger des feuilles.

« Pour une promenade sur la Meuse, embarquement immédiat ! Tous aux barques ! »

Juliette avait abandonné les rames à son compagnon. Elle ne l'aurait avoué pour rien au monde, mais le match de tennis et, surtout, la lourde chaleur estivale la rendaient désormais incapable du moindre effort. Elle se maudit intérieurement d'avoir oublié son costume de bain à la maison, cependant elle ne pouvait décemment pas se laisser glisser dans les eaux fraîches de la Meuse en robe de tennis. Elle se pencha vers l'eau et y enfonça les deux bras jusqu'aux coudes. Charles, qui ramait énergiquement pour rejoindre la barque d'Émile et Marthe, la regarda avec envie. Elle l'éclaboussa généreusement et le jeune homme s'ébroua en riant.

Soudain, ils tendirent l'oreille. Un bourdonnement sourd, qui s'amplifiait, remplissait l'air brûlant. De l'embarcation, elle vit les paysans qui moissonnaient se redresser, la main au creux des reins. Les femmes abandonnaient les meules qu'elles venaient d'édifier et se répandaient en cris alarmés :

« Ah, malheur ! Le tocsin ! C'est quelque maison ou champ qu'ont pris feu. Vite, tous aux charrettes ! »

La barque dans laquelle avaient pris place Marthe et Émile vint heurter sans douceur celle de Juliette et Charles. Les deux garçons étaient livides, tandis que, sur le visage de Marthe et Juliette se lisait une incompréhension totale. Pourquoi se mettre dans un tel état pour un incendie ? C'était certes malheureux, mais habituel au cœur de l'été, et les villageois sauraient bien maîtriser les flammes.

Émile murmura :

« Cette fois, nous y sommes !

— Oui, ma vieille Boussole, c'est la guerre. »

Marthe étouffa un petit cri de stupeur, tandis que Juliette, les yeux fermés, se remémorait les scènes furtivement entrevues depuis leur arrivée. Hier soir encore, elle avait surpris ses parents évoquant leur retour à Paris, et s'interrompant brusquement à son approche, tout en affichant sur leur visage un sourire forcé.

« La guerre ! De nouveau contre les Allemands, Émile ? »

Les leçons d'histoire de son établissement parisien, le couvent des Oiseaux, lui revinrent subitement à l'esprit.

« Nous nous battrons pour reprendre l'Alsace et la Moselle, n'est-ce pas ?

— En partie, Juliette. Mais il me semble que ce conflit aura une ampleur bien plus vaste. Tous les pays européens sont impliqués dans une alliance et, dès que l'un des leurs est menacé, les autres interviennent à ses côtés, par solidarité, vous comprenez ? »

Marthe, assez indifférente aux tribulations géopolitiques, réagit de manière plus pragmatique. Les larmes aux yeux, elle s'exclama :

« Cela signifie donc que tous les jeunes gens en âge de combattre partiront ? Émile, pas vous ! Ni vous non plus, Charles, s'empressa-t-elle d'ajouter sous l'œil narquois de Juliette. Vos études de droit et de médecine sont prioritaires, n'est-ce pas ? Il faut à la France de brillants jeunes gens pour diriger le pays. D'autres sont moins indispensables. »

Pensifs, Émile, Charles et Juliette écoutaient la longue tirade de la jeune fille dont les joues s'étaient empourprées. Elle n'avait pu s'empêcher de dévoiler sa peur pour l'avenir d'Émile et celui-ci se sentait gêné. Avec tact, Charles écarta d'un coup de rame leur barque de celle de leurs compagnons et se dirigea vers le rivage.

« Pensez-vous qu'une grande déclaration se prépare ? Marthe manque totalement de retenue !

— Elle est amoureuse, Juliette. Mais le moment est mal choisi. En matière de déclaration, je ne vois pour l'instant que celle de la guerre. Émile est trop sensé pour penser au mariage à l'orée de ses études, et je ne crois pas qu'il ait jeté son dévolu sur Marthe.

— Oh, je ne sais pas… Il est tellement étrange depuis quelque temps. »

Juliette trouvait cependant réconfortantes les certitudes de Charles.

La barque heurta en douceur le ponton de planches mal équarries et Juliette, sans voir la main tendue de Charles, sauta agilement de l'embarcation.

Tout en remontant pensivement vers la maison, ils entendaient les exclamations qui montaient du groupe des parents réunis dans le parc. Derrière eux, les champs avaient été désertés. Les barques dansaient doucement le long de l'embarcadère.

Seule l'une d'elles ponctuait encore d'un trait sombre la ligne scintillante de la Meuse. Deux silhouettes assises, tournées l'une vers l'autre, se détachaient sur le ciel clair.

Chapitre 2

Émile se rhabilla en silence. Tout en essayant de chasser ses pensées indignes d'un bon Français, il avait secrètement espéré que le médecin militaire lui trouverait une faiblesse rédhibitoire qui lui éviterait l'uniforme. Pourtant, à vingt ans, il avait choisi de devancer l'appel malgré ses réticences. Il avait des raisons secrètes d'agir ainsi, mais pour ceux qui le connaissaient bien, sa conduite était incompréhensible.

Le médecin sourit d'un air approbateur devant la musculature harmonieuse du jeune homme, fruit d'un été sportif.

« 1,80 mètre, 65 kg. Vous n'êtes pas gros jeune homme, mais admirablement proportionné ! Toutes les demoiselles vont feront les yeux doux lorsque vous paraderez en pantalon garance[1] !

— Merci, docteur, répliqua distraitement Émile en ajoutant pour lui-même : "Ça me fait une belle jambe !"

---

1. Pantalon rouge que portaient les soldats en 1914. Trop repérable par l'ennemi, il est remplacé par l'uniforme bleu horizon à partir de 1915.

Puis il poursuivit : « Je ne pense pas être craintif, et ma famille compte plusieurs officiers qui ont lutté contre les Prussiens en 1870. Pourtant, je ne suis pas un guerrier. Je veux bien servir mon pays, mais autrement. Par la découverte de terres inconnues, par exemple. Enfin, oublie tes rêves, Émile. Papa ne le permettra jamais. Pour lui, les explorateurs ne sont que des doux rêveurs, déséquilibrés et incapables d'entretenir une famille. Il me l'autoriserait peut-être, pourtant, si… »

La voix claironnante du médecin mit fin brutalement aux élucubrations du jeune homme.

« Au suivant ! Belle route, Émile Verdier, faites honneur à notre courageuse patrie. »

Émile sortit du dispensaire devant lequel s'allongeait la file des appelés et alluma une cigarette, en attendant Charles. Il extirpa de la poche de son pantalon le petit carnet de cuir bleu qui ne le quittait jamais. Celui-ci renfermait tous ses poèmes, ses réflexions, ses descriptions et croquis de paysages. Le carnet tomba à terre et s'ouvrit sur le poème de Victor Hugo qu'il avait recopié un jour où il désespérait de son talent.

Demain, dès l'aube, je partirai…

La voix énergique de Charles le tira de sa rêverie. Son ami se baissa pour ramasser le cahier ouvert :

« Victor Hugo ! C'est de circonstance, mon vieux ! Allons, il faut se faire une raison. Si tous les jeunes hommes de notre âge traînent la patte, les Boches[2] seront

2. Appellation péjorative donnée par les Français aux Allemands.

bientôt installés dans nos maisons ! Et j'ose t'avouer, parce que tu es mon ami le plus proche, que j'ai une autre raison de me réjouir de la guerre…

— Te réjouir ? Tu n'y vas pas un peu fort ?

— Cela va être un formidable terrain d'expérience pour moi, étudiant en médecine. Sais-tu que chaque guerre fait progresser la science à pas de géant ? Peut-être qu'après quelques mois de combat, je serai versé dans le corps médical des armées. Si cette guerre est courte, ça vaut le coup de devancer l'appel d'un an pour connaître le baptême du feu. Qui sait si la victoire n'aura pas déjà été acquise lorsque nous fêterons nos vingt et un ans. Mais si la guerre dure…

— Charles, tu crois donc que cette guerre va s'éterniser ? La plupart disent que c'est l'affaire de l'été. Le père Antonin est persuadé que son fils sera rentré pour finir la moisson.

— Je n'en sais rien, Émile. Mon père n'est pas aussi optimiste. Il sait, par une de ses connaissances au ministère de la Guerre, que les Allemands ont encore modernisé leur armée… Et leur empereur, ce Guillaume ! Un belliciste plein de hargne…

— Notre état-major tient également la route… Nous la franchirons, la ligne bleue des Vosges ! Ceci dit, si l'on entend quelques têtes brûlées envisager la guerre comme un jeu, j'en ai vu beaucoup qui faisaient triste mine. Comment peut-on décemment se réjouir lors d'une déclaration de guerre ? Cela me dépasse… »

Charles allongea une bourrade amicale à son camarade :

« Au fond, ma vieille Boussole, je partage ton avis ; mais je te conseille de ne pas crier sur les toits tes opinions si tu ne veux pas passer pour un défaitiste et un traître. »

La balle vola mollement par-dessus le filet. C'est Juliette qui avait proposé à Émile de se dire au revoir ainsi. Sur un court de tennis, dans l'action. Autrement, elle craignait de ne pas maîtriser son chagrin. Il n'était pas question qu'elle l'accompagne à la gare. Il partirait seul, avec son père. Sa mère ne quittait pas sa chambre depuis l'annonce que son fils était apte à combattre, et surtout qu'il avait choisi de devancer l'appel.

« Juliette, nous n'avons jamais aussi mal joué, inutile de continuer ! »

Émile ramassa les balles et s'approcha de la jeune fille.

« Je pars cet après-midi, mes parents tiennent à ce dernier déjeuner en famille. J'imagine que tu rentres à Paris demain ? Nous nous y retrouverons très vite, tu le sais, n'est-ce pas ? Je suis persuadé que nous aurons de nombreuses permissions.

— Oui, Maman et moi repartons demain, en auto avec Marcel. Papa a déjà pris le train, il paraît que l'usine est en effervescence et que toute la production va être réorganisée en fonction des besoins de la guerre. De toute façon, la guerre sera sans doute courte. »

Juliette s'accrocha fermement à cette idée réconfortante.

« Ne t'inquiète pas Émile. Je serai active de mon côté, je t'écrirai, je t'enverrai des colis… Mais explique-moi au moins une chose qui me tracasse. Tu n'as que vingt ans et, contrairement à Charles, tu ne rêves pas d'aventures militaires chaque matin ! Pourquoi t'es-tu porté volontaire ? Que fuis-tu ?

— Oh Juliette, ma chère petite amie qui me connaît si bien ! Il faut bien défendre sa patrie en danger, non ?

— Je t'en prie Émile, cesse de pirouetter pour éviter une explication franche. J'ai vraiment besoin de comprendre ton engagement… inexplicable pour moi. »

Emile souffla bruyamment en se laissant tomber dans l'herbe. Juliette l'imita après une hésitation. Pour mettre fin au silence embarrassant qui planait entre eux, elle avait saisi sa raquette par le tamis et en tirait machinalement les cordes. Une petite musique, sourde et mélancolique, s'en échappait.

« Je ne sais pas si c'est un bon calcul de ma part, Juliette. J'ai tellement honte de moi, lorsque je vois tous ces jeunes gars de nos villages, certains d'être à Berlin dans quelques semaines ! Tu sais que je déteste mes études de droit, et encore plus le métier auquel elles me destinent. J'ai pensé… Émile soupira. J'ai pensé que la guerre me donnerait un sursis. Je ne pourrai obtenir ma licence cette année. Je sais que mon père est fier de mon engagement militaire. Si je reviens du combat couvert de gloire, peut-être aura-t-il plus de considération pour moi… pour mes projets. Peut-être m'aidera-t-il à participer à cette expédition en Russie, dont je rêve.

— Oh, Émile ! Je n'avais pas mesuré à quel point tu souffrais de ce que t'imposaient tes parents.

— Je suis leur seul fils, Juliette. Le seul apte à reprendre l'entreprise familiale. Mes deux sœurs aînées sont mariées, elles appartiennent désormais à leur belle-famille. Tous les espoirs de mon père reposent sur moi. Comment le décevoir ? »

Soudain alarmé, Émile rejoignit Juliette qui s'était brusquement relevée et fixait la Meuse d'un air farouche. Doucement, il saisit le poing crispé de la jeune fille et le caressa :

« Ne t'emballe pas ! Je serai peut-être sur les bancs de la fac en octobre si la guerre est courte !

— Je veux croire de toutes mes forces à ton retour, Émile. Mais je ne peux m'empêcher de trouver insupportable que tes parents te contraignent à mener une existence que tu n'auras pas choisie. Pourquoi ne te laissent-ils pas vivre tes rêves ? Explorateur ! »

La jeune fille soupira :

« Moi aussi, je rêve de découvrir le monde, d'autres horizons… Enfin, changeons de sujet !

Elle esquissa un sourire forcé, tout en fouillant dans la poche de sa longue jupe de lin gris pâle. Elle en extirpa un minuscule écrin qui renfermait une médaille :

« Tu veux bien la porter sur toi ? Elle te protégera dans les moments difficiles. »

Et elle tendit à Émile une petite plaque émaillée sur laquelle la Vierge Marie recouvrait de son manteau de nombreux soldats. Touché par le geste de son amie, Émile la glissa dans son portefeuille. Lorsqu'il ouvrit l'étui de cuir noir, Juliette aperçut la photo d'une jeune fille dans l'une des encoches. Bien qu'elle n'ait eu que quelques secondes pour la voir, elle avait tout de suite reconnu le visage mince et délicat.

Le cœur serré, elle se détourna pour cacher sa tristesse : « La photo de Marthe… Émile et Marthe ! Je ne l'aurais jamais cru. Il lui a sans doute fait sa déclaration sur la barque. Je suis sûre que cette idiote a profité de ce moment dramatique pour s'évanouir dans ses bras… » Elle se détourna pour masquer les larmes qui lui montaient aux yeux.

« Juliette, tu avais promis de ne pas pleurer. C'est le courage des femmes qui va soutenir celui des soldats. Sans vous, nous ne tiendrons pas. Je veux garder l'image de ma petite sœur souriant dans les épreuves et espérant mon retour.

— Je ne pleure pas, stupide garçon ! »

Juliette serra rapidement la main d'Émile.

« File vite ! Entre Marthe et tes parents, tu n'as pas fini de faire tes adieux. »

Juliette s'éloigna en courant, abandonnant sa raquette dans l'herbe. Complètement désorienté, le jeune homme souffla sur la mèche rebelle qui lui barrait le front en regardant la silhouette blanche s'amenuiser puis disparaître derrière un rideau d'arbres.

Puis il se baissa pour ramasser la raquette de la jeune fille et le ruban de soie ivoire qui s'était échappé de ses cheveux. À nouveau, le portefeuille s'ouvrit pour accueillir un souvenir. Un rappel des temps heureux qui formerait un rempart protecteur dans la tourmente.

À l'arrière de la voiture, Juliette regardait défiler les champs au sein desquels de nombreuses petites silhouettes s'activaient. Plus un homme jeune pour les moissons. Des vieillards, des enfants et surtout des femmes, certaines portant un nourrisson dans leur dos. Elle fut frappée par le silence qui avait remplacé les chants joyeux qui s'élevaient d'ordinaire lors des travaux agricoles.

Marcel aussi conduisait en silence, mais Juliette savait que le pli vertical qui scindait son front en deux n'était pas dû à la concentration que nécessitait le long trajet jusqu'à Paris. La veille, il avait déposé son fils de vingt et un ans à la gare de Verdun. Arthur était un jeune homme gentil, mais aux capacités limitées, que la famille de Juliette employait pour des petits travaux. Depuis le veuvage de Marcel, il vivait seul avec son père. Son seul talent consistait en la réalisation de petites maquettes en bois d'allumettes. Juliette conservait précieusement la petite barque qu'il lui avait offerte pour ses dix ans. Juste avant son départ, il s'était attelé à la réalisation de la voiture de son père en miniature et avait promis à Juliette de la lui donner, pour célébrer ses talents de conductrice. Hier, alors qu'elle lui disait au revoir, il avait cligné de l'œil en lui montrant, au milieu de son paquetage de soldat, la maquette inachevée :

« À ma prochaine permission, elle sera finie, mam'zelle Juliette ! »

Juliette soupira pour effacer la tristesse qui l'avait brusquement envahie. Elle se pencha en avant et posa sa main sur l'épaule du chauffeur :

« Il reviendra, comme Charles, comme Émile. Ayez confiance, Marcel !

— Merci, mademoiselle Juliette. »

Marcel crispa ses mains sur le volant.

« C'est mon seul gars, et j'ai promis à sa pauvre mère de le protéger. Il n'a aucune défense, vous savez. Déjà à l'école communale, ils étaient tous à lui faire des misères. Alors contre les Boches… Qu'est-ce qu'il va devenir, mon gars ? »

Marcel renifla bruyamment. Juliette resta silencieuse et lança un regard de détresse vers sa mère, qu'elle sentait aussi émue qu'elle. Madame Marsay prit la parole :

« Nous ne sommes plus à l'école communale, Marcel ! Les petits garçons ont grandi et sont devenus des hommes. Et n'oubliez pas que votre Arthur est soldat dans le régiment de Charles et Émile. Ils se connaissent depuis l'enfance, et ils le protégeront.

— Je remercie Madame de l'intérêt qu'elle porte à mon garçon. C'est vrai que monsieur Émile, quand il est venu me dire au revoir, m'a promis de veiller sur mon fils. Et je le connais bien, monsieur Émile. Il n'a qu'une parole. »

Enfoncée dans la banquette, Juliette ne réagit pas mais revit le portefeuille ouvert sur la photo de Marthe. Oui, Émile était un garçon de confiance, mais il manquait singulièrement de discernement. Choisir Marthe, cette poupée de porcelaine qu'un rien effarouchait ! Quoique... Sa mère ne cessait de lui répéter qu'elle ne trouverait jamais de mari si elle continuait à se comporter en garçon manqué et à manifester autant d'indépendance. S'il prenait à Émile l'idée de se marier lors d'une permission... Juliette frissonna d'horreur à cette vision. Adieu, le joyeux camarade de ses vacances. Elle s'imagina son ami, une main sur l'épaule de Marthe qui tenait un nourrisson sur ses genoux. Vision cauchemardesque. « Arrête, Juliette », se morigéna-t-elle.

« Paris doit être en effervescence, soupira madame Marsay. Ton père m'a raconté qu'on arrivait à peine à se frayer un chemin dans la foule à la gare de l'Est. Hier soir, en descendant sur le quai, il s'est retrouvé face à un train qui partait pour le front. Certains soldats riaient et promettaient à leurs fiancées qu'ils seraient à Berlin dans quinze jours. Mais beaucoup faisaient triste mine.

Certains étaient même agressifs envers les hommes comme ton père.

— Agressifs ? »

Juliette leva un sourcil.

« Papa n'est pourtant pas responsable de cette guerre !

— Non, bien sûr. Il n'empêche qu'un soldat l'a accusé de rester à l'arrière pendant que les honnêtes gens allaient se faire… trouer la peau. »

Madame Marsay parut choquée par les mots qui venaient de sortir de sa bouche.

« Les ouvriers ont un langage vraiment ordurier !

— Oh Maman ! » Juliette haussa les épaules. « Ce n'est pas vraiment essentiel, n'est-ce pas ? Ces ouvriers, comme vous le dites, vont donner leur vie pour leur patrie. Je suis sûre que Papa a été indulgent.

— Ton père est toujours compréhensif… Trop peut-être ! Il est tout de même normal qu'il ne soit pas appelé sous les drapeaux à cinquante ans ! Ce n'est pas pour autant qu'il va rester inactif et ne pas participer à l'effort de guerre.

— Je sais, Maman. Il est même reparti avant nous à Paris pour organiser le nouveau fonctionnement de l'usine. Mais où va-t-il trouver de nouveaux ouvriers ? Il paraît que la moitié de ceux qui travaillaient chez nous sont mobilisés.

— Je n'en sais rien, ma chérie, soupira madame Marsay en rajustant avec délicatesse le voile qui protégeait son visage de la poussière soulevée par l'automobile. Tout cela, ce sont des soucis d'hommes. Laissons-les résoudre ces problèmes. Nous, notre rôle, c'est d'offrir un foyer chaleureux et réconfortant à Papa lorsqu'il rentrera de ses journées éreintantes. Et toi, essaie de te concentrer sur tes études, afin de devenir une jeune fille accomplie.

— Devenir une jeune fille accomplie ? Que voulez-vous dire par là, Maman ? Broder des bouquets de fleurs sur des tapisseries qui orneront le dessus des cheminées ? Pianoter quelques valses de Chopin ? J'espère bien pouvoir agir pour notre patrie, Maman !

— Juliette, mon enfant, tu m'épuises. Le monde n'est-il pas assez rempli de conflits sans qu'au sein des familles nous nous disputions également ?

Un peu honteuse, la jeune fille sourit et posa sa main sur le bras de sa mère :

« Rassurez-vous, Maman, je ne vais pas m'engager dans la troupe, si c'est ce que vous craignez !

Mais je trouverai bien un autre moyen de lutter, poursuivit-elle à mi-voix. »

Madame Marsay fixait son regard sur la route et n'avait pas entendu les dernières paroles que sa fille avait prononcées à voix basse. En revanche, Marcel, à qui la discussion animée avait fait provisoirement oublier ses inquiétudes, se retourna vers Juliette. Ses yeux pétillaient et un léger sourire se dessinait sous la moustache grise.

Chapitre 3

Juliette enfila en soupirant la longue jupe verte qui enserrait sa taille fine. Elle faisait le désespoir de sa mère en refusant le port du corset :

« À quinze ans, Juliette, tu devrais le porter si tu veux conserver le même tour de taille lorsque tu seras adulte !

Mais Juliette rétorquait en riant à madame Marsay, outrée, que ce corset l'empêchait de respirer et de marcher à vive allure dans les rues de la capitale.

Ce mois d'août était tellement insolite à Paris. C'était étrange de voir la capitale vidée de ses hommes jeunes, des femmes conduisant des tramways et la une des journaux systématiquement consacrée aux nouvelles du front. Malgré la censure au sein de la presse, les informations filtraient. Et elles étaient mauvaises. Les forces allemandes avaient remporté de nombreuses victoires sur les soldats français et anglais qui se repliaient vers Paris. Dans les rues semi-désertes, quelques rares automobiles avançaient au même rythme que les fiacres et la mine morose des passants contrastait avec le bleu éclatant du ciel d'été.

Madame Marsay avait rejoint une société de bienfaisance. Dans cet ouvroir[1], elle tricotait des chaussettes pour les soldats et préparait des bandes de charpie destinées aux blessés. Elle avait enjoint à sa fille de participer ainsi à l'effort de guerre, sans succès.

« Je ne te comprends pas, Juliette ! Toi qui affirmais vouloir soutenir nos soldats, tu trouves un prétexte pour éviter de le faire dès qu'une occasion se présente. Le couvent des Oiseaux ne rouvre ses portes qu'en octobre, cela te laisse le temps de te rendre utile, il me semble. »

Devant le silence obstiné de sa fille, madame Marsay s'était tournée vers Marcel qui attendait respectueusement à l'entrée du salon :

« Marcel, lorsque vous aurez déposé mon mari à l'usine, voudriez-vous bien vous occuper de cette jeune demoiselle oisive, l'emmener chez ses amies ? Je n'ai vraiment pas le temps de m'en occuper. »

Depuis, Juliette et Marcel étaient inséparables… ou presque. Ils parcouraient les rues de Paris chaque jour, et c'était bien souvent Juliette qui tenait le volant, puisque, comme elle l'avait fait remarquer au chauffeur, il n'y avait pas plus de circulation à Paris que dans la Meuse ! Marcel avait facilement cédé. Il

1. Un ouvroir est une organisation féminine de bienfaisance où les femmes fabriquaient des pansements, et tricotaient pour les soldats.

vieillissait, sa vue commençait à décliner, même s'il se refusait obstinément à le reconnaître, et ce n'était pas désagréable de se laisser promener par cette jeune Juliette qui conduisait avec dextérité. Son élève lui faisait honneur ! Tous deux riaient des remarques offusquées qui sortaient de la bouche pincée des passants. Une jeune fille au volant, quel manque de distinction !

Souvent, Juliette laissait Marcel dans un café rue du Commerce où il retrouvait un vieil ami, garait la voiture dans une rue adjacente et se rendait chez son amie Alice.

Pourtant, à chaque visite, les jeunes filles s'éloignaient de plus en plus l'une de l'autre. Ce lundi de septembre, elles se tenaient dans le petit parc de l'hôtel particulier des parents d'Alice. Juliette piocha un macaron dans une délicate coupelle en porcelaine de Sèvres et elle le trempa sans cérémonie dans sa tasse de thé.

« Cela ne vous donne pas mauvaise conscience, Alice, de savourer votre thé dans ce havre de paix, alors que nos soldats reculent sous les assauts des Allemands ?

— Juliette, vous ne pouvez pas proférer de tels mensonges ! »

Alice se laissait bercer au sein d'une balancelle en osier. Les deux amies s'étaient installées dans le parc, à l'ombre d'un platane centenaire, pour se protéger des ardeurs du soleil.

« Nos soldats tiennent bon et sont bien plus valeureux que ces Boches. Papa le disait encore à Maman ce matin.

— Votre père refuse d'inquiéter votre mère, voilà tout.

— Eh bien ! Les journaux l'écrivaient encore hier, notre armée résiste courageusement. »

Juliette jeta un regard apitoyé à son amie :

« Les journaux n'écrivent que ce que le gouvernement leur dicte. Cela s'appelle la censure, Alice. Savez-vous que Marcel, notre chauffeur, a reçu une lettre de son fils hier ?

— Quel lien avec la presse et la censure ?

— Quelques lignes étaient barrées d'un trait de feutre noir. Complètement opaque. Marcel a essayé de lire en plaçant la lettre devant une lampe et il n'y est pas parvenu. Vous comprenez ce que cela signifie ? Arthur a sans doute rapporté à son père des événements que le gouvernement veut garder secrets.

— Le gouvernement veut nous protéger, il remplit son rôle, Juliette. Je ne trouve rien de choquant à cela. Et, pour répondre à votre première question : non, je n'ai pas mauvaise conscience. Je ne suis qu'une jeune fille de quinze ans, comme vous. Que peut-on me demander, à part envoyer des colis à nos soldats et les dorloter lorsqu'ils obtiendront une permission ? Maman va m'emmener à son ouvroir, tous les jeudis après-midi. Pourquoi ne vous joignez-vous pas à nous ? Cela sera tellement plus amusant ! »

Juliette se tut, agacée par le raisonnement plein de bon sens de son amie. Puis elle murmura :

« Pourquoi pas en effet ? Merci de votre proposition, Alice, je vais y réfléchir. Pourtant, je voudrais tellement ne pas me sentir si passive face à la guerre. Mais comment agir ?

« Gallieni, le gouverneur militaire de Paris, réquisitionne tous les taxis pour emmener des soldats sur la ligne de front ! Tous les taxis sont appelés à remplir leur devoir patriotique ! Gallieni, le gouverneur militaire… » La voix du jeune vendeur de journaux réveilla Juliette en sursaut. Ouvrant sa fenêtre, elle interpella le garçon qui s'approchait du perron pour déposer son journal.

« Eh, petit ! As-tu des détails ? Les Allemands approchent donc de Paris ? »

Le gamin toucha sa casquette et désigna le journal :

« Tout est à l'intérieur, mam'zelle, vous saurez tout en lisant *Le Matin*. Bonne journée, mam'zelle ! »

Puis il poursuivit son chemin en criant à tue-tête :

« Gallieni, le gouverneur militaire de Paris, réquisitionne… »

Juliette s'habilla en un clin d'œil et s'empara du journal avant qu'un domestique ne le récupère. En première page, un texte en gros caractères d'imprimerie attira immédiatement son regard :

HABITANTS DE PARIS,
LES MEMBRES DU GOUVERNEMENT
DE LA RÉPUBLIQUE ONT QUITTÉ PARIS
POUR DONNER UNE IMPULSION NOUVELLE
À LA DÉFENSE NATIONALE.
J'AI REÇU LE MANDAT DE DÉFENDRE PARIS
CONTRE L'ENVAHISSEUR.
CE MANDAT, JE LE REMPLIRAI
JUSQU'AU BOUT.

LE GOUVERNEUR MILITAIRE DE PARIS
COMMANDANT DE L'ARMÉE DE PARIS
GALLIENI

Incrédule, Juliette laissa les mots cheminer lentement vers sa conscience. Entre les lignes, un tout autre discours se dessinait : si le gouvernement avait quitté Paris, c'était pour se mettre en sécurité. Il avait lâchement abandonné la population de la capitale face au danger de l'invasion allemande.

Un toussotement discret la tira de ses réflexions. C'était Marcel qui venait de rentrer de Billancourt où il avait déposé son patron, comme chaque matin. Les usines Renault, au sein desquelles le père de Juliette occupait un poste à responsabilité, connaissaient de profonds bouleversements depuis le début du conflit. Louis Renault, leur directeur, avait décidé de contribuer massivement à l'effort de guerre. De moins en moins de voitures sortaient des chaînes de fabrication. En revanche, l'entreprise, en pleine reconversion, produisait des obus, des camions pour le transport des troupes, des moteurs d'avions. Chaque soir, monsieur Marsay rentrait un peu plus tard. Il satisfaisait avec réticence à la curiosité de sa fille. Elle sentait qu'il n'avait qu'un désir : oublier la guerre dans le cocon réconfortant de l'appartement familial.

Juliette leva les yeux sur le vieux serviteur. Il semblait las. La seule lettre qu'il avait reçue de son fils avait ravivé ses inquiétudes. Quel message Arthur avait-il essayé de lui faire passer, avant que les censeurs ne le biffent d'un épais trait sombre ? Tous les jours, il guettait en vain le courrier et son attente avait systématiquement été déçue depuis un mois. Juliette fut prise d'un élan de compassion :

« Marcel ! Vous avez besoin de repos. Je sortirai me promener à pied. Rangez la voiture, je n'aurai pas besoin de vous aujourd'hui.

— Mademoiselle Juliette, vous êtes bien bonne de vous préoccuper de moi, mais madame votre mère n'apprécierait guère de vous savoir seule dans les rues…

— Madame ma mère a d'autres chats à fouetter, Marcel ! Et nous sommes en guerre ! Une jeune fille seule dans les rues de Paris court bien moins de dangers que nos braves soldats. Je vous promets d'être de retour bien avant Maman, si cela vous rassure. »

Sans laisser le temps au chauffeur de protester davantage, elle enfonça son chapeau d'un geste énergique et se dirigea vers la porte d'entrée. Malgré l'affection qu'elle portait au vieux Marcel, elle ressentait avec acuité la nécessité d'une promenade solitaire, pour organiser les pensées qui ne lui laissaient aucun répit depuis le début de la guerre.

« Pardon ma petite demoiselle ! Ne restez donc pas au milieu, si vous ne voulez pas finir sous les roues de mon taxi ! »

Juliette sursauta et s'écarta d'un bond. Elle se tenait devant la coupole dorée de l'imposant bâtiment militaire, et la place, particulièrement tranquille depuis le début de la guerre, n'avait jamais connu une telle activité : des centaines de taxis parisiens convergeaient vers l'Hôtel des Invalides. La chaussée était entièrement recouverte de véhicules rouge bordeaux à capote noire, semblables à des coccinelles de métal. Le chauffeur qui avait interpellé Juliette sourit devant sa stupéfaction et reprit avec bonhomie :

« Montez donc à côté de moi, ma petite demoiselle. Vu le nombre qu'on est, il va bien s'écouler une heure ou deux avant qu'on parte. »

Juliette bondit sur le marchepied et s'installa sans façon à la gauche du chauffeur.

« Expliquez-moi… Je viens de lire dans le journal que notre gouvernement a quitté Paris.

— Ces politiques ! L'homme renifla avec mépris. Dès le moindre danger, ils détalent comme des lapins. Heureusement qu'on a Gallieni.

— C'est lui qui vous a ordonné de mettre vos taxis à la disposition de l'armée ? Mais pour quelle raison ?

— Vous n'avez pas bien lu votre journal, mademoiselle ! Les Allemands sont à nos portes. Certains détachements sont signalés à Plessis-Belleville, à quelques dizaines de kilomètres de la capitale. Si on ne les arrête pas immédiatement, demain, ils camperont sur les Champs-Élysées.

— Mais en quoi votre taxi sera-t-il d'une quelconque utilité contre l'ennemi ?

— C'est l'idée de génie du gouverneur, mademoiselle ! Les trains sont complètement désorganisés. Il y a eu un déraillement entre Troyes et Montereau hier. Du coup, ils ne peuvent pas emmener toutes les troupes au front, et c'est à nous qu'on fait appel. On va transporter les fantassins de la 7e division d'infanterie qui cantonne à Gagny. »

Le chauffeur se rengorgea et poursuivit :

« J'ai plus l'âge de porter une arme, mais il ne sera pas dit que je n'aurai pas défendu ma patrie. J'ai hâte de voir la tête des Boches quand nos braves soldats vont déferler sur eux. »

Juliette resta longtemps silencieuse. Le taxi avait progressé d'une dizaine de mètres seulement. Elle distinguait, parmi la marée rouge, quelques véhicules de particuliers qui s'étaient joints à ce formidable élan de solidarité nationale. Un lent sourire se dessina sur son visage.

« Merci beaucoup monsieur, pour cette petite promenade si instructive. Votre taxi est vraiment magnifique. Un AG-1, si je ne me trompe ? Sachez que les usines Renault attachent le plus grand soin à leur conception. Les soldats vont voyager en première classe à vos côtés ! »

Et laissant le brave homme ébahi par ses connaissances en matière d'automobiles, elle sauta légèrement sur le pavé et fendit à contre-courant le flot des taxis dans un concert assourdissant de klaxons.

Chapitre 4

Après l'agitation des départs matinaux, l'appartement était retombé dans la quiétude. Juliette avait d'abord entendu le pas pressé de sa mère, puis celui plus lourd de Marcel, qui partait déposer son père à Billancourt.

La veille, elle avait tout programmé pour obtenir ce luxe inouï pour une jeune fille de bonne famille : deux journées de liberté totale. Elle avait convaincu sa mère de la laisser accepter une invitation – fictive – chez Alice. Madame Marsay, pour calmer les accès de mauvaise conscience qui l'envahissaient parfois à l'idée qu'elle abandonnait bien trop souvent sa fille, avait acquiescé sans plus de curiosité ni beaucoup de résistance. La première partie de son plan s'était donc déroulée sans encombre.

La seconde était plus délicate. Dès le départ de Marcel, elle s'introduisit dans sa chambre, sans être certaine d'y découvrir ce qu'elle cherchait. Un peu honteuse de son indiscrétion, elle parcourut du regard la chambre modeste du chauffeur. Un lit en fer, une table de chevet en bois blanc, une chaise, une table, une malle imposante. Juliette s'approcha de la cheminée. Dans son cadre, Arthur, le fils de Marcel, lui jeta un regard de reproche sous son képi garance à visière bleue. Elle se hâta de se détourner et s'agenouilla devant le coffre en bois. Au moment de soulever le couvercle, elle perçut le pas lourd d'Honorine, la cuisinière. Juliette se figea, tandis que la vieille domestique passait devant la porte en grommelant :

« Il est toujours pas rentré, le Marcel ! J'ai besoin de lui pour porter la lessiveuse. Le linge, y va pas se laver tout seul… »

Lorsque le silence fut entièrement revenu, Juliette respira profondément et explora les profondeurs de la malle. Son intuition ne l'avait pas trompée. Sous les vêtements du dimanche de Marcel se trouvaient les habits civils d'Arthur. Elle s'en saisit prestement, referma délicatement le couvercle et se sauva de la pièce, poursuivie par le regard accusateur du jeune homme. Il était temps ! Elle entendit le ronronnement de la De Dion-Bouton qui se garait le long du trottoir.

Dans sa chambre, elle prit soin de s'enfermer avant d'enfiler le pantalon de coutil rapiécé aux genoux et la blouse délavée par les nombreuses lessives. L'ensemble flottait un peu, mais lorsqu'elle enfonça sa casquette jusqu'aux yeux après avoir relevé ses cheveux, elle se sentit pleinement satisfaite de sa nouvelle apparence. L'imposant miroir aux moulures dorées lui renvoyait l'image d'un jeune Parisien déterminé. Non… Pas tout à fait. Elle se lança à nouveau dans l'examen minutieux de son reflet. Ses boucles souples s'échappaient progressivement de la casquette et révélaient sa féminité. Juliette soupira et son regard se porta sur son nécessaire à couture. L'état neuf de celui-ci témoignait de la rareté avec laquelle la jeune fille pratiquait les travaux d'aiguille. Les ciseaux recourbés n'étaient pas précisément recommandés pour se couper les cheveux, mais ils feraient l'affaire. Avec détermination, elle saisit une mèche brune et tailladа dans la masse. Quelques minutes après, le parquet était jonché de cheveux que Juliette s'empressa de dissimuler au fond de son armoire. Elle se releva souplement et chuchota en grimaçant :

« Miroir, gentil miroir, dis-moi qui est la plus laide ? Aïe, quelle horreur, cela ne fait aucun doute, c'est bien moi ! »

Dans la glace, un jeune garçon dont la chevelure n'aurait pas déparé dans une famille de hérissons lui adressait un sourire triomphant.

Renfonçant sa casquette sur sa tête, Juliette sortit avec précaution de la chambre et se dirigea de nouveau vers les quartiers des domestiques. La troisième étape de son plan s'avérait périlleuse : à pas de loup, elle s'approcha de la buanderie. Elle entendit Marcel et Honorine installer l'énorme lessiveuse en prévision du lavage des draps de la semaine. Rassurée, elle se faufila hors de la maison et repéra l'imposante automobile garée le long de la chaussée. Enfonçant les mains dans ses poches pour se donner plus d'assurance, elle s'approcha en sifflotant.

Elle faillit éclater de rire en imaginant le visage horrifié de sa mère devant la transformation de sa précieuse fille en jeune garçon du peuple.

La rue était déserte. De quelques tours de manivelle vigoureux, la jeune fille fit ronronner le moteur et s'installa sur le siège capitonné de cuir. Elle sortit d'un renfoncement les lunettes qui la protégeraient des escarbilles du trajet et qui masqueraient son visage encore enfantin.

Dans un grondement rageur, le véhicule s'élança à petite vitesse vers le cœur de la capitale.

Il était 9 heures du matin et le rouge et le noir des taxis recouvrait toujours la place des Invalides. À croire qu'ils n'avaient pas avancé d'un pouce depuis la veille. Avec difficulté, Juliette se faufila entre deux d'entre eux, provoquant l'hilarité de celui qui venait de perdre sa place.

« Eh bien, mon garçon, tu es donc bien pressé de monter au front ? Ton tour viendra bien assez tôt, crois-moi !

— Qu'est-ce que tu fais là ? Tu as piqué la voiture de ton patron ? »

En quelques minutes, la voiture de son père devint le centre de l'attention. Avec un sifflement approbateur, l'un des taxis balaya d'un regard admiratif la Renault :

« Ça monte à plus de 70 kilomètres à l'heure, cette machine ! Pas comme nos tacots, qu'on pousse à 30 à l'heure dans les bons jours. Tu l'as déjà conduite hors de Paris ? Moi, c'est André. Et toi ? »

Prise de court, Juliette balbutia, en bénissant le ciel de l'avoir pourvue d'une voix suffisamment grave pour se confondre avec celle d'un jeune garçon :

« Euh, oui, bien sûr que je l'ai déjà conduite sur des longs trajets. Mes parents… euh, mes patrons ont un domaine dans la Meuse. Je viens de les en ramener. »

Endossant avec hardiesse son nouveau rôle, elle ajouta :

« Même que je l'ai poussée à plus de 80, en quittant Verdun ! La route est toute droite, tu aurais dû voir ma patronne qui criait : "Ralentissez, Jules, vous allez nous tuer !" Au fait, je m'appelle Jules.

— Et qu'est-ce que tu fais avec nous, Jules ? Ta patronne a plus besoin de toi pour l'emmener à *La Samaritaine*[1] ? »

Des rires gouailleurs environnèrent Juliette qui prit la mesure du fossé social séparant sa famille du milieu des chauffeurs de taxis. Prise d'un accès de mauvaise conscience, elle répliqua avec vivacité :

« Mes patrons sont de bons Français. Mam… euh, Madame passe ses journées à fabriquer des bandages pour les blessés et à envoyer des colis à nos soldats.

1. Grand magasin parisien.

Et Monsieur travaille dans les usines Renault, qui fabriquent les obus pour massacrer les Boches!

— Bravo! Pour une fois que les bourgeois se rendent utiles! À bas les Boches! »

Un peu perdue dans ce concert d'acclamations, Juliette reprit son souffle puis poursuivit, emportée par son imagination :

« Quand Monsieur a appris que Gallieni demandait des automobiles pour transporter les troupes sur la Marne, il m'a dit : "Jules, tu es un brave et courageux garçon, prends la Renault et mets-toi aux ordres du général. Tu vas me conduire nos valeureux soldats au front pour flanquer une raclée aux Allemands." Moi j'étais fier comme Artaban qu'il me confie une mission de cette importance, le patron. Je lui ai répondu : "Monsieur, je ferai mon devoir de bon Français ou je pourrai plus vous regarder en face." Et me voici!

— Bravo Jules, t'es un bon gars! Avance donc ton carrosse et suis les autres. Faut se magner, les Boches sont à moins de 40 kilomètres de Paris. Nous, on file à Gagny où on embarque les troupes qui nous attendent là-bas, puis on rejoint le front. Allez, en route les gars, ça se dégage! »

Prise d'euphorie, Juliette se retint de crier sa joie. Enfin, elle se trouvait au cœur de l'action et elle allait contribuer à la victoire, autrement qu'en enroulant des bandes de tissus, à l'abri des murs protecteurs de l'ouvroir où s'activaient les femmes. Elle pencha la tête sur le côté et aperçut l'interminable file des taxis, ainsi que quelques rares automobiles de particuliers. Le long des quais, les Parisiens s'étaient rassemblés, attirés par l'immense cortège et agitaient des mouchoirs en criant leurs encouragements. Lorsqu'elle passait devant eux, s'efforçant à l'impassibilité, Juliette saisissait des fragments de dialogue :

« Vise donc ce jeune gars ! Il a pas l'âge de se battre, mais il porte secours à nos troupes. Bravo fiston ! Dis bien à nos hommes qu'on est derrière eux ! »

Bientôt, les rues animées de la capitale laissèrent la place à des routes monotones et rectilignes. Juliette ralentit pour laisser une distance de sécurité suffisante avec le taxi qui la précédait. Même si elle estimait que leur vitesse ne dépassait pas les 30 kilomètres à l'heure, elle appréhendait un brutal coup de frein qui s'achèverait en collision.

André se retourna et lui fit un signe joyeux de la main. La jeune fille sourit. Le chauffeur de taxi, qui avait sans doute l'âge de Marcel, semblait rajeuni de vingt ans. Sans doute avait-il, lui aussi, un fils qui combattait, et prendre part à la guerre, de quelque manière que ce fût, le détournait de ses pensées moroses.

Après environ deux heures de route, le convoi ralentit puis s'arrêta. Imitant les taxis qui la précédaient, Juliette manœuvra pour dissimuler du mieux qu'elle le put l'imposante Renault dans le bas-côté. Après ce long trajet en plein soleil, elle apprécia la bienfaisante fraîcheur dispensée par l'alignement de hêtres au bord du fossé. Indécise, elle hésitait à sortir du véhicule pour se dégourdir les jambes lorsqu'un cavalier remonta leur colonne au trot en criant ses instructions :

« Personne ne descend ! Camouflez le mieux possible vos véhicules pour éviter d'être repérés par l'aviation ennemie. Personne ne descend ! Camouflez… »

Tandis que le lieutenant s'éloignait et que le vent de la course emportait ses paroles, Juliette sentit soudain la peur s'insinuer, comme une main froide qui se glissait le long de sa colonne vertébrale. L'aventure exaltante se muait en une expédition dangereuse. Son père lui avait expliqué que les biplans, qu'elle avait parfois observés lors des meetings d'aviation, ces fragiles oiseaux de toile, transportaient en leurs flancs des armes capables de semer la mort. Elle chuchota :

« André !

— Oui, Jules ?

— Fais passer le message : silence absolu pour entendre le moteur des avions ennemis. Et s'ils arrivent, tous sous les voitures ! »

Pendant de longues minutes, l'air silencieux semblait vibrer de l'angoisse des conducteurs. La peur était d'autant plus présente que le ciel sans nuage de cette magnifique journée de septembre ne les dissimulerait nullement du regard perçant des aviateurs allemands.

Soudain, un grondement assourdi se fit entendre. Pris de panique, la plupart des hommes plongèrent entre les roues et lancèrent un œil craintif vers le ciel toujours vierge. Juliette était descendue et scrutait également l'azur. Le claquement des sabots sur la route lui fit tourner la tête. Un jeune gradé la considérait avec curiosité et souriait. Son calme rassura la jeune fille.

« Tu entends, mon gars? C'est le bruit du canon. Mais ne t'inquiète pas, il porte à des kilomètres. Ce n'est pas aujourd'hui que tu connaîtras ton baptême du feu. En tout cas, c'est courageux à toi de nous rejoindre. Tu n'es pas bien vieux!

— J'ai seize ans, mon lieutenant, mentit avec effronterie Juliette en rabattant sa casquette sur son front pour mieux dissimuler les mèches rebelles qui s'en échappaient. Plus qu'un an et je m'engage! »

Le lieutenant la regarda avec estime et lança :

« Aucune trace d'avions ennemis. Restez à proximité des autos. Nous allons vous ravitailler en nourriture, huile et essence avant de reprendre la route. »

Malgré les paroles rassurantes du jeune homme, derrière Juliette des voix méfiantes s'élevèrent :

« J'ai pas envie de me faire canarder, moi!

— Qu'est-ce qui me garantit qu'il dit vrai, le blanc-bec sur son canasson?

— Si j'entends encore le son du canon, c'est retour à la capitale vite fait! »

Plusieurs officiers avaient rejoint le jeune lieutenant. Ils observaient les quelques hommes qui remontaient dans leur taxi et commençaient à manœuvrer pour effectuer leur demi-tour. D'une voix menaçante, le lieutenant reprit :

« Personne ne bouge ! Nos ballons captifs[2] nous alertent des mouvements de troupes ennemies. Aucun danger n'est signalé. Si l'un d'entre vous s'avise de déserter, je fais démonter son moteur par les soldats et je l'abandonne ici. Compris ? »

En maugréant, les quelques récalcitrants regagnèrent leur siège. Ils s'étaient à peine assis que l'intendance arrivait. Chacun reçut un pain de munition et une gourde de vin. Juliette planta énergiquement ses dents dans la miche coriace avant de réussir à en prélever une petite bouchée.

« Oups ! Pauvres soldats… Je confirme ma préférence pour la baguette bien fraîche. »

Elle n'osa pas réclamer de l'eau et approcha prudemment ses lèvres du goulot. Le vin piquant lui provoqua une quinte de toux et l'hilarité de ses voisins :

« Le petiot, il a encore du lait qui lui coule sur le menton !

— T'aimes pas les boissons fortes, on dirait, fiston.

— C'est en buvant qu'on devient un homme, mon gars ! »

Les yeux embués de larmes, Juliette s'encouragea et porta à nouveau la bouteille à sa bouche. La seconde gorgée passa mieux, sous les rires approbateurs de ses compagnons. Prudemment, elle déposa la gourde et s'attaqua avec énergie au pain.

2. Ballon amarré au sol qui permet d'avoir une vision à plusieurs kilomètres des mouvements des troupes ennemies.

La distribution de vivres avait quelque peu apaisé les inquiétudes. Beaucoup s'allongeaient au fond des fossés d'herbe jaunie par la chaleur estivale pour commencer un petit somme réparateur. Par précaution, le lieutenant et d'autres officiers patrouillaient le long des véhicules pour contenir une éventuelle révolte. Juliette finit par poser la question qui tournait en boucle dans sa tête depuis plusieurs jours.

« Lieutenant, connaissez-vous un soldat nommé Émile Verdier ? Il combat au sein de la 7e division d'infanterie.

— Mon pauvre garçon ! Une division comporte plus de 10 000 soldats. Connais-tu le nom de son régiment, au moins ?

— Le 104e régiment, lieutenant. La dernière fois qu'on a eu de ses nouvelles, il combattait en Belgique. Fin août.

— Ah, je vois. C'est un des régiments qui a participé à la bataille de Longwy. Je ne sais pas grand-chose, si ce n'est que les hommes ont résisté courageusement face à des forces allemandes trois fois supérieures. Je crois que la 7e division a été évacuée par chemin de fer pas très loin d'ici. Pourquoi me demandes-tu cela, mon garçon ? Cet Émile, c'est ton frère ? »

Juliette, la gorge serrée, se contenta de hocher la tête. Le lieutenant reprit d'un ton encourageant :

« Allons ! Inutile de te faire du mauvais sang tant que rien n'est sûr. S'il est mort, tu le sauras bien assez tôt. Mais s'il s'en est sorti indemne, il fera peut-être partie de ceux que vous allez embarquer dans quelques heures. Tiens, voici les réserves d'essence qui arrivent. Il y a aussi des pneus neufs et de l'huile pour les moteurs. Remplissez tous vos réservoirs, messieurs ! Le soir tombe, nous allons repartir pour charger les troupes. »

Après avoir fait le plein d'essence, Juliette relança le moteur. Elle suivit des yeux le taxi d'André qui se dégagea du fossé et effectua la même manœuvre. L'ensemble de la colonne s'ébranla. Le crépuscule tombait, mais il n'était pas question d'allumer les lanternes, ce qui exigeait une concentration sans faille des conducteurs.

Enfin, les yeux fatigués de Juliette distinguèrent la gare de Gagny et des silhouettes massées le long des rails. Un mot d'ordre se mit à circuler à voix basse.

« Arrêtez-vous sans couper le moteur ! Chaque véhicule embarque quatre soldats à l'intérieur et, dans la mesure du possible, un sur le marchepied. »

Le moteur de la Renault crachota et la voiture s'immobilisa. Juliette croisa le regard las de plusieurs jeunes soldats en livrée bleu et rouge, qui serraient dans leurs bras leur lourd paquetage. Trois d'entre eux s'engouffrèrent à l'arrière, tandis qu'un jeune moustachu, le visage gris de poussière s'affala aux côtés de la jeune conductrice. Malgré leur lassitude, tous portèrent la main à leur képi dans un geste machinal de politesse et murmurèrent : « Merci mon gars », avant de retomber dans leur apathie.

Juliette reprit sa place dans le convoi qui repartait. L'opération s'était déroulée en quelques dizaines de minutes. Bientôt bercés par le ronronnement du moteur, les trois passagers à l'arrière s'étaient endormis. Seul le caporal – Juliette estima avoir réussi à identifier son grade, même si les barrettes étaient à peine visibles – gardait les yeux grands ouverts. Il s'adressa à Juliette :

« Où as-tu appris à conduire cette belle automobile, mon gars ? En tout cas, merci de nous épargner plusieurs dizaines de kilomètres à pied. Ces fichus trains fonctionnent mal et mes camarades et moi sortons d'une semaine de combats acharnés. »

Il soupira et fixa la ligne sombre des arbres qui se découpait dans l'obscurité.

« On en a laissé des centaines sur le terrain. Des gars à peine plus âgés que toi. Quelle misère !

— Ah, ça oui, c'est un grand malheur ! »

La voix de Juliette se teinta d'appréhension.

« Je m'appelle Jules, monsieur. Je connais deux jeunes gens qui combattent à vos côtés. Émile Verdier, ça vous dit quelque chose ? »

Le caporal secoua négativement la tête, puis reprit d'un air compatissant :

« Ce n'est pas parce que je ne le connais pas qu'il a disparu, tu sais. Nous sommes des centaines et nous combattons depuis un mois ensemble seulement. Enfin, seulement… Ça me semble une éternité. Émile, tu dis ? Non, vraiment, pas croisé ce gars. Et ton autre copain, comment s'appelle-t-il ? »

Juliette, s'efforçant de masquer sa déception, murmura :

« C'est le fils d'un ami de mes parents… Pardon, de mes patrons ! Charles Maurel… Il est étudiant… »

La voix joyeuse du caporal interrompit vivement Juliette :

« L'apprenti médecin ! Tu parles que je le connais ! Regarde-moi ça ! Et, soulevant sa vareuse, il dévoila une blessure fraîchement recousue sur un ventre blanc et maigre. À Ethe, en Belgique. Une balle allemande qui m'a juste éraflé, heureusement, mais ça pissait le sang. Il y avait tellement de blessés plus graves que je n'ai pas osé me présenter au médecin chef. C'est ton Charles qui a vu ma vareuse toute tachée, il a sorti son fil et son aiguille et il m'a arrangé ça… Avec une bonne gorgée de gnole, je n'ai presque rien senti. Il fera un sacrément bon docteur, celui-là. Pendant qu'il me recousait, il me faisait rire : "Merci Anatole, qu'il me disait. Tu es mon premier patient. Je vais essayer de te faire des points bien réguliers, alors reste bien tranquille si tu veux continuer à plaire aux filles." Un chic type, tu pourras le dire à tes patrons. Il doit traîner dans le coin, tous les survivants du régiment sont là. »

Juliette sentit l'espoir couler à nouveau dans ses veines, comme une boisson vivifiante. Si Charles était vivant, Émile ne pouvait être bien loin. Tous deux s'étaient engagés ensemble, et la seule lettre qu'ils avaient envoyée à leurs parents respectifs révélait leur souci de veiller l'un sur l'autre. Elle insista :

« Anatole, c'est très important. Charles est inséparable d'Émile. Si vous avez vu l'un, l'autre se trouvait certainement dans son sillage. »

Le front plissé, Anatole secoua à nouveau la tête d'un air désolé :

« Vraiment, ça ne me rappelle rien. Mais ça ne veut rien dire, tu sais. Les… »

La tirade du soldat s'interrompit brusquement et une secousse brutale le projeta vers l'avant. Absorbée par la discussion, Juliette venait de percuter l'arrière du taxi d'André qui se retourna, mécontent.

« Eh gamin ! J'ai pas envie de rembourser les dégâts à la société des taxis. Maîtrise ton véhicule. »

Juliette bafouilla une excuse et coupa le moteur. Les informations lui arrivèrent par bribes : « On lâche les soldats ici… On est à un kilomètre de Nanteuil… Le front est juste après la forêt… Trop dangereux… Ils vont finir à pied… »

Elle mit pied à terre et, tandis que les soldats débarquaient également et réajustaient leur paquetage, elle fut prise d'une impulsion subite : courant vers l'avant, elle interrogea, le cœur battant, les fantassins prêts à repartir au combat :

« Émile Verdier ? Dans votre régiment ? »

À chaque réponse négative, elle se précipitait vers le suivant, en lançant sa question sur un ton désespéré.

« Petit, regagne ton véhicule ! On fait demi-tour vers Paris dès que les soldats sont partis. Dépêche-toi, tu vas te faire enguirlander par les chefs! Fais pas l'imbécile, mon garçon! »

Les injonctions des chauffeurs poussèrent Juliette à rebrousser chemin. Tête basse, elle se dirigea vers sa voiture. Aveuglée par les larmes, elle heurta de plein fouet un soldat qui marchait à sa rencontre. Celui-ci la retint d'une poigne vigoureuse pour lui éviter une chute dans le fossé.

« Attention, jeune homme! »

Chapitre 5

Cette voix rieuse malgré la lassitude… Juliette souleva le bord de sa casquette et plongea dans des yeux gris bien connus. Le visage du jeune soldat refléta la même stupéfaction que celui de Juliette. Il vacilla et fit un pas de côté. Indifférents à ceux qui continuaient leur progression vers Nanteuil, ils s'étreignirent en silence. Puis Émile chuchota :

« Tu n'as pas fait cette folie, Juliette ? C'est bien toi ? »

La jeune fille souleva sa casquette d'un air espiègle et dévoila ses cheveux hirsutes :

« Mon petit doigt m'a dit que tu avais besoin d'un chauffeur… Toujours à ta disposition, Émile !

— Je n'en crois pas mes yeux ! Tes beaux cheveux, Juliette ! »

La jeune fille ne fut pas dupe de l'air désolé de son ami dont les yeux gris pétillaient.

« Tu ne recules devant rien, vraiment ! »

Mais l'expression du jeune homme s'assombrit rapidement :

« Juliette, nous ne sommes plus en vacances, sur les routes paisibles de la Meuse. Les Allemands sont derrière Nanteuil. Et d'un geste large, Émile tendit le bras vers le grondement de l'artillerie. Tu les entends ? Comment tes parents ont-ils pu laisser partir une jeune fille de quinze ans ? »

D'une main preste, Juliette ferma la bouche de son ami et lui raconta brièvement les péripéties de son voyage.

« Cesse tes reproches, Émile ! Remercie plutôt la Providence ! Réalises-tu l'infime probabilité que nous avions de nous trouver face à face ? Je puis t'assurer que dès mon retour à Paris, je monte au Sacré-Cœur pour y déposer un immense cierge ! »

Émile riposta en souriant :

« Si ton père t'autorise encore à sortir de la maison ! Je crains que cette incartade ne vous vaille quelques jours d'arrêt, soldat Marsay ! »

Juliette rit avec son ami, mais la pensée désagréable de la privation de sa liberté lui traversa brièvement l'esprit.

« Bah, je verrai lorsque je retrouverai les parents. N'y pense pas maintenant Juliette ! », se morigéna-t-elle. « Donne-moi des nouvelles de Charles. Et d'Arthur, le fils de notre chauffeur Marcel. Ils sont vivants, n'est-ce pas ? »

Le visage d'Émile se voila à nouveau :

« Oui, aux dernières nouvelles. Charles me fait peur. Il est d'une témérité, lorsque l'on monte à l'assaut… Mais il est toujours revenu vivant. Et il soigne tous nos bobos, enfin, nos blessures légères. Quant à Arthur…

Émile hésita avant de poursuivre : il a été blessé lors de la bataille d'Ethe. À la jambe. La dernière fois que je l'ai vu, c'était lors de son évacuation par deux brancardiers. Il s'en sortira, mais je pense que la guerre est finie pour lui. »

Émile enserra les mains fines de son amie dans les siennes.

« Je dois rejoindre mes camarades, Juliette. Mais quoi qu'il arrive, tu as illuminé ma journée par ton exploit. Puis-je te transmettre quelques messages ? »

« Nous y voilà », songea Juliette, le cœur serré. « Il va me parler de Marthe… » Mais elle s'efforça de faire bonne figure.

« Que dois-je dire à tes parents ? À Marthe ? »

Émile lui lança un regard surpris :

« À Marthe ? Eh bien, transmets-lui toute mon amitié, bien sûr. Je compte surtout sur toi pour que tu réconfortes ma mère, Juliette. Je sais que tu ne l'apprécies pas beaucoup car elle juge ta conduite… euh… peu conforme à celle d'une jeune fille bien élevée. Mais c'est ma mère, et elle se ronge les sangs depuis mon départ. Me promets-tu de lui rendre une visite ?

— Tout ce que tu voudras, Émile ! Que dois-je lui raconter ? »

Absorbés par leurs retrouvailles, les deux jeunes gens sursautèrent lorsqu'un cavalier fit brutalement piler sa monture à leurs côtés. Émile se pétrifia et porta une main à son képi :

« Mon général !

— Alors soldat, cela ressemble fort à un refus de monter au front ! Dois-je vous rappeler comment on sanctionne les déserteurs ? Filez ! »

Après un dernier regard à Juliette qui n'osait faire un geste dans sa direction, Émile rejoignit en courant l'arrière de la colonne. Le général se tourna alors vers elle et reprit d'un ton bourru :

« Et toi, mon garçon, je suppose que tu fais partie des taxis… même si tu me sembles bien jeune ! Quel âge as-tu ?

— Euh, seize ans, mon général. Mon patron m'a ordonné de me mettre à disposition du général Gallieni pour transporter des troupes dans son automobile.

— Eh bien, il te reste encore à apprendre la discipline ! Où irions-nous si chaque civil entravait la montée de nos soldats au front ? Regagne ton taxi, et au trot ! »

Pétrifiée par la brutalité du militaire, Juliette baissa la tête pour dissimuler ses larmes qui menaçaient de couler. On ne lui avait jamais parlé sur un tel ton. Le général retint sa monture qu'il s'apprêtait à lancer au galop et s'adoucit devant la détresse du jeune conducteur :

« Bon, bon ! La France est reconnaissante à ton patron pour le service rendu. Et à toi aussi, petit. Maintenant, retrouve ton véhicule. Grâce à votre rapidité, plus de 6 000 soldats ont pu être acheminés en renfort. Tu peux rassurer tes patrons, ce n'est pas encore maintenant que les Allemands prendront Paris. »

La monture du général piaffa et fit un écart. Le cavalier considéra Juliette avec une curiosité nouvelle :

« Comment se nomme ton patron ? Il est bon pour les soldats de savoir que les civils s'impliquent ainsi à leurs côtés. »

Prise de court, la jeune fille bafouilla :

« Monsieur Marsay, général. »

Aussitôt après avoir lâché le nom de son père, elle se maudit en silence. Il était évident que celui-ci était connu du militaire, qui reprit avec intérêt :

« Ah ! Le bras droit de l'industriel Louis Renault ! Cela ne m'étonne nullement. La qualité et la robustesse de ces taxis ont fait leurs preuves ces derniers jours. Tu lui transmettras le bon souvenir du général Maunoury ? Je compte sur toi, mon gars ! »

Lorsque Juliette, vidée par l'émotion, se laissa tomber sur la banquette de cuir, elle sentit le regard perplexe d'André posé sur elle. Adossé à la portière, celui-ci se roula une cigarette puis lui tendit sa blague à tabac :

« Tu fumeras bien une cibiche, Jules ? Qu'est-ce qui t'a pris de nous quitter comme si tu avais vu un fantôme ? »

Juliette, encore sous le coup de sa difficile séparation avec Émile, ne se sentit pas le courage de satisfaire la curiosité du chauffeur et se contenta de donner une réponse évasive :

« J'ai cru… retrouver un ami, mais je m'étais trompée.

— Ah ! Ç'aurait été une belle coïncidence ! Écoute plutôt, gamin. La journée n'est pas perdue pour la France, ni pour nous : Gallieni va payer la course à tous les taxis. »

André se pencha sur son véhicule et annonça triomphalement le chiffre inscrit sur le taximètre : 130 kilomètres ! Les sourcils froncés, il se livra à une opération complexe pour estimer le montant de sa journée.

« Ben dis donc… Je crois que je vais toucher plus de cent francs. Tu te rends compte, petit ? C'est dix jours de salaire d'un ouvrier. »

André s'interrompit, réalisant, un peu honteux, que son jeune camarade ne bénéficierait sans doute pas du même dédommagement. Le gratifiant d'une tape amicale sur l'épaule, il s'efforça de le réconforter :

« Et toi, mon gars, si ton patron est généreux, je suis sûr qu'il augmentera un peu tes gages ! Allez, cette fois c'est la bonne ! Retour à Paname[1] ! »

Après avoir garé l'automobile, le plus silencieusement possible, dans la rue de Courcelles noire et déserte, Juliette ferma les yeux un instant. Il était plus de minuit et elle avait peine à croire qu'elle avait quitté la capitale le matin même.

1. L'un des surnoms de Paris.

En titubant, elle faillit rater le marchepied et s'étaler sur la chaussée. Elle considéra d'un œil critique sa tenue fripée. Mais si les reproches de ses parents l'inquiétaient, elle craignait bien davantage d'affronter le regard peiné de Marcel lorsqu'il découvrirait qu'elle avait fouillé dans ses affaires pour emprunter les habits de son fils Arthur.

« Plus rien à perdre, j'ai déjà tout perdu… », se dit la jeune fille avec philosophie, mieux valait se jeter à l'eau et en finir le plus rapidement possible ! Et d'un doigt énergique, elle appuya sur la sonnette qui ornait le porche de l'immeuble haussmannien. Levant les yeux, elle vit la lumière qui jaillissait des portes-fenêtres grandes ouvertes du salon. Un comité d'accueil l'attendait.

Blottie sous le drap de lin, Juliette entrouvrit un œil et jugea, d'après la lumière qui entrait à flots dans la chambre, que la matinée était déjà bien avancée. La fatigue de l'extraordinaire journée de la veille avait été comme rayée d'un trait de plume par cette nuit réparatrice.

Elle s'étira, saisit le broc de faïence rempli et versa l'eau dans la cuvette.

Une toilette soigneuse à l'eau fraîche la revigora pleinement. Elle brossa soigneusement ses cheveux courts, en s'efforçant d'aplanir les épis rebelles, sur lesquels elle enfonça le béret bleu marine de son uniforme d'écolière. L'heure des grandes explications avait sonné.

La veille, sa mère s'était contentée de s'évanouir dans les bras de son mari à la vue de sa fille attifée comme un gamin des rues. Elle était cependant revenue à elle rapidement lorsque son mari lui avait passé son flacon de sels sous le nez. Après avoir longuement serré sa fille dans ses bras et s'être assuré qu'elle n'était pas blessée, monsieur Marsay avait pris les choses en main et jugé plus sensé d'envoyer la jeune fille se reposer. De larges cernes violets entouraient les yeux gris de sa fille, emplis de larmes prêtes à se déverser sur les joues pâlies. À peine couchée, Juliette avait basculé dans le sommeil, tandis que ses parents, de chaque côté de son lit, échangeaient des regards désemparés.

« Ce matin… », Juliette frissonna légèrement en attaquant le petit déjeuner qui avait été discrètement déposé dans la pièce tandis qu'elle dormait. Oui, ce matin, songea-t-elle en mordant sans appétit dans une tartine beurrée, elle n'échapperait pas au tribunal familial.

Elle ouvrit la porte sans bruit et se faufila dans l'aile des domestiques. La chambre de Marcel était entrouverte et le vieux chauffeur, assis sur son lit, tenait entre ses mains le cadre qui renfermait la photo d'Arthur. Juliette vit une larme se fondre dans la moustache grise. C'était plus qu'elle ne pouvait en supporter. Elle pénétra doucement dans la pièce et s'exclama :

« Marcel, mon cher Marcel ! J'implore votre pardon du fond du cœur. J'ai été indiscrète et indélicate en prenant les vêtements d'Arthur, mais je ne pouvais pas faire autrement. Marcel, j'ai revu Émile. Il m'a donné des nouvelles. De bonnes nouvelles. Votre Arthur est vivant. Vivant… mais blessé. Émile m'a assuré qu'il s'en sortirait. »

Marcel laissa échapper le cadre et enfouit son visage dans ses mains. Juliette entendit son souffle court, comme s'il avait reçu un uppercut en pleine poitrine. Elle posa doucement ses mains sur les épaules du vieil homme :

« Il va rentrer, Marcel. La guerre est finie pour lui. »

Elle poussa un soupir :

« Il faut maintenant que j'aille justifier auprès des miens ma conduite inconsidérée. Dites-moi que vous me pardonnez, Marcel, je ne supporterais pas d'avoir perdu votre estime.

— Plutôt dix fois qu'une, je vous pardonne, mademoiselle Juliette, messagère de bonnes nouvelles ! Mon fils est vivant. Peu importe la blessure. Merci Seigneur ! »

En entrant dans le grand salon où ses parents étaient assis de part et d'autre de la cheminée éteinte, Juliette fut parcourue par un frisson d'appréhension. Elle ne bénéficierait pas de l'indulgence qu'elle avait reçue auprès de Marcel. L'atmosphère de la pièce était chargée d'incompréhension, de ressentiment. Sans oser même les saluer, elle vint s'asseoir silencieusement en face d'eux.

Sa mère, les yeux rougis par une nuit de veille, tordait entre ses mains un mouchoir. Alors que Juliette s'attendait à une avalanche de reproches, elle se contentait de la considérer avec… oui, avec effroi, comme si elle s'interrogeait sur sa filiation avec cette fille dégénérée. Comprenant que toute explication serait vaine de ce côté, Juliette se tourna vers son père et attendit avec résignation la semonce qui allait s'abattre.

Mais son père dit simplement :

« Je veux comprendre, Juliette. Explique-toi. »

Alors, sans fioritures, connaissant le penchant de monsieur Marsay pour les récits clairs et factuels, Juliette retraça son interminable journée. Lorsqu'elle se tut, l'atmosphère s'était considérablement apaisée. Madame Marsay reprit faiblement :

« Ainsi, tous les jeunes gens que nous connaissons sont vivants ! »

Oubliant sa faiblesse, elle se tourna vivement vers son époux :

« Il ne faut pas laisser nos amis Verdier dans l'incertitude, Edmond ! Juliette va m'accompagner pour leur rapporter ce qu'elle vient de nous dire. Pourriez-vous demander à Marcel de nous conduire ? »

Puis, se tournant vers sa fille :

« Car il est bien entendu que vous ne toucherez plus le volant de l'automobile, Mademoiselle ! Votre témérité a eu d'heureuses conséquences, mais vous avez pris des risques inconsidérés. Vous confirmez mon interdiction, n'est-ce pas mon ami ? »

Le père de Juliette observa longuement sa fille. Celle-ci ne semblait même pas révoltée. Elle s'attendait à cette punition. Sa mère avait toujours été réticente face à ses talents de conductrice. Il hocha la tête :

« Tu as entendu ta mère, Juliette ? Jusqu'à nouvel ordre, je veux ta parole que tu ne prendras plus le volant de notre automobile. De toute façon, les vacances touchent à leur fin et ta rentrée au couvent des Oiseaux approche.

— Je vous le promets, Papa, assura Juliette d'une voix tremblante. »

Elle savait qu'elle renonçait ainsi à une grande part de son indépendance, car il ne serait pas question pour elle de revenir sur un serment fait à ses parents. Mais la pensée qu'elle avait participé, de manière si modeste soit-elle, à l'effort de guerre, la rasséréna.

« J'ai eu un appel téléphonique ce matin, reprit son père d'un air à la fois malicieux et admiratif. Savez-vous, très chère, poursuivit-il en se tournant vers son épouse, que le général Maunoury en personne m'a félicité de mettre à disposition de l'armée notre véhicule ? Et il envisage même de décorer le courageux jeune chauffeur qui a mené nos soldats au front…

— Mais je ne souhaite aucune décoration, Papa ! Et vous n'avez aucun jeune chauffeur du nom de Jules, je crois.

— Crois bien que le général sait désormais qui se cache derrière la figure de Jules. Lorsqu'il a appris ton exploit, il m'a dit, et je te répète ses mots : "Mon cher

Marsay, nous vivons vraiment la fin d'une époque. Les femmes nous remplacent aux champs, dans les usines, et maintenant au volant ! La bravoure de votre fille me laisse sans voix." Et maintenant, ton chapeau et tes gants ! Montre-nous que tu es capable de te conduire en jeune fille de bonne famille en rendant visite à nos amis avec ta chère maman. »

Chapitre 6

Trois semaines plus tard, Juliette reprenait le cours de ses études. Si elle voulait être tout à fait honnête avec elle-même, cela ne lui déplaisait pas vraiment. Elle aimait apprendre, et même si l'enseignement dispensé par les religieuses était souvent trop conventionnel à son goût, elle s'était liée d'amitié avec la jeune sœur Marguerite-Marie, qui dispensait de passionnantes leçons d'histoire. Contrairement aux autres enseignantes qui ne juraient que par la seule mémorisation, celle-ci poussait ses élèves à réfléchir par elles-mêmes, ce qui promettait des débats mouvementés pour l'année à venir.

Juliette sourit, le cœur plus léger. Elle prit conscience que son apathie était liée à l'absence de nouvelles directes d'Émile. Depuis leurs mémorables retrouvailles, le jeune soldat n'avait envoyé aucune lettre.

Elle fut tirée de ses pensées lorsque Marcel gara l'automobile rue de Ponthieu, devant le couvent des Oiseaux. Une vingtaine de filles, revêtues du traditionnel uniforme bleu marine, pépiaient déjà avec entrain sur le trottoir. Juliette repéra Alice, mais aussi, avec un certain déplaisir, Marthe. Celle-ci faisait partie des grandes élèves qui effectuaient leur dernière année d'école avant de faire leur entrée dans le monde. Elles toisaient avec un léger dédain le groupe bruyant des plus jeunes.

« Elle prend son air de duchesse, grand bien lui en fasse, pensa Juliette en rejoignant Alice. Elle patientera un peu pour avoir des nouvelles d'Émile. »

« Juliette, comme je suis contente de vous retrouver ! » Alice se précipita à sa rencontre et lui saisit les mains.

« Moi qui déteste les Oiseaux, cette année, je me réjouis à la perspective de la rentrée, vous vous rendez compte ? Il faut dire que Paris est tellement triste depuis la guerre… Juliette ? Qu'avez-vous donc fait à vos cheveux ? »

Tout à son babillage, Alice venait seulement de remarquer la disparition de l'opulente chevelure de son amie, malgré le béret que celle-ci avait pris soin d'enfoncer profondément sur sa tête.

« J'ai… Euh ! C'est un peu délicat de vous l'expliquer en deux mots, Alice. Nous en parlerons plus tard, si vous voulez bien. »

Et, passant son bras sous celui de la jeune fille, Juliette franchit les grilles, entraînée par le flot des élèves. Elles se rangèrent dans la cour pour écouter le mot d'accueil de la mère supérieure. Juliette laissa vagabonder son esprit tandis qu'elle percevait les poncifs sans cesse relayés depuis le début de la guerre : « notre patrie en grande souffrance… », « besoin de jeunes Françaises vaillantes… », « soutenir le moral de nos soldats… »

« Des mots, songea la jeune fille, uniquement des mots. » Puis elle se ravisa, un peu honteuse : « Je suis injuste. Il y a un profond élan patriotique dans le pays. Quand je pense à Maman, qui n'avait jamais eu de plus grand souci que d'organiser une réception… Depuis un mois, elle rejoint tous les matins son ouvroir pour fournir aux soldats du linge et des vêtements propres, aux infirmières des blouses. Et le plus étonnant, c'est que ses yeux brillent lorsqu'elle rentre le soir. Le sentiment d'être utile la satisfait plus que ses occupations futiles d'avant-guerre. »

« Juliette ! »

Elle fut tirée de ses pensées par la voix frémissante d'excitation d'Alice.

« Regardez ! »

Les grilles de l'établissement venaient de s'ouvrir et une automobile fit majestueusement son entrée. Le chauffeur du véhicule s'extirpa de sa place et s'empressa d'ouvrir la portière à un haut gradé qui en sortit, suivi de son aide de camp.

Celui-ci et le général se placèrent légèrement en retrait de la mère supérieure. Celle-ci ne semblait pas décontenancée par la présence incongrue des deux militaires au sein d'un établissement scolaire de jeunes filles. Les désignant d'un geste, elle s'adressa à nouveau aux élèves :

« Le général Maunoury, qui a permis par la victoire de la Marne que les Allemands n'assiègent pas Paris, s'est déplacé tout spécialement ici pour vous montrer que les actes de bravoure ne sont pas réservés aux seuls soldats…

« Oh non! » Juliette fixa d'un air accablé le bout de ses chaussures de cuir bleu : « Il n'a pas de tâches plus urgentes à réaliser? »

« …Et je lui cède la parole. » La religieuse s'écarta tandis que le général montait sur la petite estrade de fortune dressée à l'occasion de la rentrée des classes. Il balaya d'un regard perçant la centaine d'élèves, comme si, au cœur de cette marée bleu marine, il espérait en identifier une en particulier. La grande croix de la Légion d'honneur brillait, accrochée aux brandebourgs de son uniforme. Il s'éclaircit la voix et commença d'une voix forte :

« Mesdemoiselles! Je vois à vos regards intrigués que vous vous interrogez sur la présence d'un vieux général au sein de votre gracieuse assemblée. Certaines se demandent peut-être si vos programmes scolaires, déjà chargés, ne vont pas être encore alourdis par un cours de stratégie militaire, que je serais chargé de vous dispenser. Non, non, comme je le pense depuis toujours, je vous rassure, la guerre n'est pas une affaire de femmes. Et pourtant, laissez-moi vous raconter une histoire surprenante qui a failli me faire changer d'avis. »

Et le général Maunoury rapporta brièvement sa rencontre avec le jeune chauffeur de monsieur Marsay lors du transport des soldats dans la Marne. Puis il marqua une pause, et un éclair de malice parcourut son regard lorsqu'il distingua, au milieu de tous les visages attentifs levés vers lui, deux yeux effarés sous un béret bleu marine.

« Cette jeune fille s'est fait passer pour le chauffeur d'un de mes vieux amis, dois-je dire, malheureusement pour elle ! Sa conduite téméraire a en effet causé de grands soucis à ses parents. Quoi qu'il en soit, mademoiselle Marsay, je vous prierai de bien vouloir me rejoindre sur cette estrade.

« Il vous a appelée ? » Alice hoqueta d'émotion. « Juliette, c'est vous l'héroïne. Mon Dieu, comme c'est palpitant ! »

Faisant contre mauvaise fortune bon cœur, Juliette s'extirpa de la masse curieuse et pépiante de ses camarades. D'un signe de tête, le général intima à son ordonnance d'approcher. Celui-ci sortit de sa poche une boîte de cuir sombre qu'il ouvrit.

« Mademoiselle Marsay, en vertu des pouvoirs qui me sont conférés par le président de la République, je vous décerne la Croix de guerre[1] pour votre action d'éclat au service de la France. »

Et le vieux militaire épingla sur la robe bleu marine un large ruban vert à rayures rouges, au bout duquel pendait une croix de bronze à quatre branches. Pendant que Juliette s'efforçait de contenir ses larmes en fixant un point, loin, bien loin au-dessus des toits de Paris, le général Maunoury s'adressa une dernière fois aux jeunes filles qui applaudissaient frénétiquement leur camarade :

1. En réalité, cette distinction n'a été créée qu'en 1915.

« Votre action témoigne de la bravoure des femmes françaises, mademoiselle Marsay. Un courage qui vous a conduit à sacrifier votre chevelure ! Certes, il y a cinq siècles, la France a déjà été sauvée par une jeune bergère, qui elle aussi avait coupé ses cheveux et revêtu habit d'homme... Cependant, ne vous prenez pas pour une nouvelle Jeanne d'Arc. Il existe mille autres façons de soutenir l'effort de guerre, à l'arrière. Aux hommes, les dangers du front. À vous, jeunes filles, le soutien moral et matériel aux soldats. La patrie compte sur vous ! »

Pendant toute la journée, Juliette eut l'impression d'être prisonnière d'un tourbillon. Ballottée d'un groupe d'élèves à l'autre, elle devait sans se lasser répéter son histoire, laisser les plus jeunes soulever sa décoration avec un air de respect craintif, soulever son béret et supporter les exclamations effarouchées de ses camarades à la vue de ses mèches courtes. Heureusement, son professeur préféré, sœur Marguerite-Marie, s'était simplement contentée de lui serrer affectueusement le bras, mais Juliette avait compris le message qui se lisait dans les yeux pétillants de la religieuse : lorsque l'agitation serait quelque peu retombée, toutes les deux pourraient avoir une conversation paisible et profonde.

En s'approchant du portail ouvert, la jeune fille constata avec soulagement que l'automobile paternelle était déjà garée sous l'ombre bienfaisante d'un platane.

Elle abandonna brusquement ses amies interloquées et traversa l'avenue en courant. Alors qu'elle s'affalait sur la banquette arrière, elle espéra que Marcel n'allait pas tarder. Le chauffeur patientait souvent au troquet à l'angle de la rue de Ponthieu. Penchant la tête, elle l'aperçut qui réglait l'addition et elle se renfonça avec un grand soupir au fond du siège.

« Juliette ! »

La voix flûtée de Marthe s'introduisit dans l'habitacle.

« Juliette, je vous en prie ! Pourriez-vous demander à Marcel de me déposer chez moi… et m'accorder un moment de discussion, hors des oreilles indiscrètes ? »

« C'est un cauchemar, Seigneur, songea la jeune fille en fermant les yeux. Une discussion avec Marthe, pour clôturer cette folle journée, c'est plus que je ne pourrai en supporter ! » Puis, sa bonne éducation reprenant le dessus, elle réprima un soupir et invita la jeune fille à s'asseoir à côté d'elle. La voiture démarra avec une souplesse inhabituelle et le chauffeur, après avoir reçu les indications de Marthe, se dirigea vers le domicile de celle-ci.

« Je vous écoute, Marthe. »

Juliette ne put résister à l'envoi d'une petite pique en direction de son aînée qui se tordait nerveusement les mains.

« J'ai cru voir que vous brûliez d'envie de me parler depuis ce matin, mais que votre dignité ne vous permettait pas de vous abaisser jusqu'à la jeune écolière que je suis.

— Je vous prie de m'excuser, Juliette ! Vous nous avez donné une belle leçon et montré que "la valeur n'attend pas le nombre des années". »

Un peu embarrassée, Marthe reprit :

« Je serai sans détour, Juliette. Avez-vous des nouvelles d'Émile ? Une lettre ?

— Vous n'avez donc rien reçu de lui ? Pourtant… »

Juliette se mordit les lèvres. Elle avait failli mentionner le portrait de la jeune fille qu'elle avait entraperçu dans le portefeuille d'Émile.

« Non, aucune nouvelle. »

Malgré l'humiliation que lui coûtait cette révélation, Marthe poursuivit, comme pour s'en persuader :

« Il a certainement si peu de temps. Ou peut-être veut-il éviter de nous inquiéter en nous décrivant son quotidien plein de dangers. Mais ce silence… »

La jeune fille enfouit son visage entre ses mains.

« C'est la pire des tortures !

— Allons Marthe, reprenez-vous. Je n'avais aucune nouvelle non plus jusqu'à cette rencontre providentielle.

— Vous l'avez donc retrouvé ? »

Marthe saisit le poignet de Juliette avec une telle force que celle-ci grimaça.

« Il appartenait au régiment que les taxis parisiens ont emmené sur la Marne. Je l'ai croisé alors que j'avais abandonné tout espoir. Il était sale, fatigué, mais en vie. Même pas blessé. Quant à Charles, je n'ai eu que des nouvelles indirectes. Il paraît qu'il monte au front avec une témérité incroyable... Et il soigne les blessés, en bon futur médecin. Enfin Arthur... »

— Arthur ? » Marthe leva un sourcil en signe d'incompréhension.

Haussant les épaules, Juliette s'adressa directement à Marcel qui avait sursauté au nom de son fils :

« Avez-vous appris quelque chose, Marcel ?

— Mademoiselle Juliette, la lettre est arrivée ce matin. Mon Arthur sera transportable la semaine prochaine. Il vient d'être amputé de la jambe droite. »

La moustache du chauffeur frémit, mais il poursuivit :

« Il pourra quand même mener une vie normale, ou presque. Il paraît que l'on fabrique des prothèses articulées qui permettent de marcher comme avant.

— Oh, Marcel !

— Ne vous inquiétez pas, mademoiselle Juliette. Ça m'a fait un choc, c'est sûr. Mais il va rentrer. Il y en a déjà tellement qui sont morts. Je peux pas me plaindre.

— Vous êtes vraiment courageux, Marcel. »

Malgré son inquiétude pour Émile, Marthe était touchée par le sort du jeune homme :

« S'il cherche un travail de bureau, il y aura peut-être une place pour lui dans l'entreprise de mon père.

— Je vous remercie mademoiselle. Nous verrons. Il faut d'abord qu'il reprenne des forces. Vous voici arrivée, mademoiselle Marthe. »

Alors que Marthe mettait pied à terre, elle se tourna une dernière fois vers Juliette. Celle-ci fut frappée par la tristesse qui émanait d'elle. Dans un élan de pitié, elle lui dit :

« Il vous transmet toute son amitié, Marthe ! Il me l'a dit au moment où nous avons été séparés un peu brutalement.

— Vraiment ? Et… qu'a-t-il dit encore ?

— Rien d'autre, Marthe. Je vous ai déjà expliqué que le général Maunoury avait mis fin à nos retrouvailles de manière un peu abrupte. Il était persuadé qu'Émile refusait de monter au combat. Heureusement qu'il a pris le temps de me questionner dès que NOTRE ami – Juliette appuya intentionnellement sur le pronom – a couru rejoindre son bataillon.

— Oui, je comprends. Vous avez fait preuve d'un immense courage, Juliette, une vraie héroïne ! Mais quelle drôle d'idée… Vous travestir en homme ! Ne pouvez-vous laisser la guerre à nos frères, nos cousins, nos… fiancés ?

— Non, Marthe, je ne le pouvais pas. Et maintenant, si vous voulez bien m'excuser, je vais rentrer me reposer. "L'héroïne" a besoin d'une bonne nuit de sommeil. »

Chapitre 7

Le cours était pourtant passionnant. Comme toujours, sœur Marguerite-Marie sollicitait ses élèves, les poussait à s'interroger sur les décisions prises par Napoléon lors de la campagne de Russie, et les captivait par la lecture de témoignages des soldats qu'elle puisait dans la pile de livres posée sur son bureau.

D'habitude si réactive, Juliette gardait les yeux obstinément fixés sur les frondaisons rougeoyantes de l'avenue. Elle frissonna. Le poêle de la salle avait exhalé ses dernières bouffées de chaleur et, à la fin de la journée de classe, la température intérieure n'était pas très éloignée de celle de dehors. Les restrictions de bois devenaient de plus en plus sévères. Les enseignantes encourageaient les jeunes filles à supporter avec vaillance ce petit désagrément en évoquant les engelures dont devaient souffrir les soldats au fond des tranchées.

La jeune fille soupira et tira sur ses manches pour réchauffer ses doigts glacés. Elle passa une main machinale dans ses cheveux courts. Depuis quelques jours, elle assumait pleinement sa nouvelle coupe – la coiffeuse de sa mère avait fait des miracles et elle avait retrouvé une tête à peu près présentable. Dans la poche de son cardigan, la lettre d'Émile émit un froissement plaintif. Juliette ferma les yeux et vit défiler les mots, la belle écriture penchée de son ami, l'encre violette. Elle pouvait la réciter de mémoire, tant elle l'avait décryptée, décortiquée…

« Eh bien, Juliette ? Quelles étaient les réactions des Moscovites à l'approche des troupes françaises ?

— Excusez-moi, ma sœur. »

Juliette hésita un court instant avant d'avouer avec franchise :

« Je n'ai pas suivi votre explication.

— En effet. Je crains que vous n'ayez eu quelques distractions aujourd'hui. Restez un moment, j'ai à vous parler. Mesdemoiselles, le cours est fini ! Pour la semaine prochaine, vous me rédigerez un essai d'une trentaine de lignes sur le quotidien d'un soldat napoléonien en 1812. »

La craie qui crissait et le sujet qui s'affichait sur le tableau noir firent grincer les dents de plusieurs élèves. Après l'avoir recopié dans leurs cahiers, elles se hâtèrent de sortir pour pouvoir exprimer plus ouvertement leur mécontentement. Sans se démonter, la religieuse sourit et referma la porte derrière elle. Juliette n'avait pas quitté sa place. Son cahier était toujours fermé devant elle. Penchée sur le poêle refroidi, sœur Marguerite-Marie préparait le feu du lendemain en le garnissant de boules de papier journal et de petites bûches. Enfin, elle se redressa et se mit à sautiller sur place de manière comique :

« Nous l'allumerions bien maintenant, cette flambée, n'est-ce pas Juliette ? Mon Dieu, qu'il fait froid ! Des températures tout à fait appropriées pour évoquer la retraite de Russie ! Mais apparemment, cela ne vous passionnait pas vraiment, les malheurs de notre brave empereur.

— Non, en effet, reconnut Juliette avec franchise. Je veux dire… Pas en ce moment.

— Quels soucis accaparent donc votre esprit, ma chère enfant ? De mauvaises nouvelles d'un proche ?

— Des nouvelles qui ne "sonnent" pas juste, à mon oreille en tout cas. Je viens de recevoir un courrier d'un ami proche, sur le front depuis le début de la guerre. Je ne retrouve pas dans sa lettre le ton qui m'était familier… Je pense qu'il se censure et je me creuse la tête pour lire entre les lignes ce qu'il a vraiment voulu me dire.

— Je vous comprends. Mon frère est lui aussi mobilisé depuis le mois d'août. À sa dernière permission, nous avons convenu d'un code pour qu'il puisse me transmettre des informations sans tomber sous le coup de la censure. Il a choisi d'accentuer les lettres que je dois repérer. Mises bout à bout, elles forment un nouveau message. D'après lui, cette pratique se répand de plus en plus car les soldats supportent mal d'écrire des banalités à leur famille et ont besoin de partager leurs souffrances.

— Avec Émile, nous n'avions rien décidé de la sorte, mais sa lettre est assez… bizarre. Tenez, lisez !

— Vraiment Juliette ? Je ne tiens pas à être indiscrète.

— Vous ne l'êtes pas… et vous porterez peut-être un regard plus clairvoyant que moi sur son message. »

La religieuse déplia la lettre couverte d'une fine écriture à l'encre violette.

> *Mon cher petit soldat,*
> *Tu permets que je t'appelle ainsi ? Depuis que tu portes une distinction militaire que t'envient bien de mes camarades, je te considère comme l'une des nôtres ! Déjà deux mois que tu apparaissais devant moi, comme une résurgence des temps heureux… Ce mois de novembre est bien pluvieux, sombre et sinistre. Tu as dû apprendre par nos excellents journaux les conséquences de la bataille de la Marne. Les Allemands ont reculé, mais ont lancé un déluge de feu sur nos lignes. Aucune des deux armées ne parvenant à prendre l'avantage sur l'autre, nous avons tous creusé des trous comme des lapins et nous voilà dans nos terriers, pardon, nos tranchées, à attendre l'attaque ennemie. Je ne suis plus si près de Paris, mais la sécurité m'interdit de te dévoiler ma position exacte. Nous sortons souvent les photos de nos proches, et pour ma part, un petit ruban de soie ivoire*

échappé de tes cheveux après notre dernière partie de tennis à Verdun me tient bien souvent compagnie.
Les journées se suivent et se ressemblent lorsque nous ne montons pas à l'assaut. La roulante nous apporte notre pitance, souvent froide, mais nous ne mourons pas de faim, loin de là ! Charles a un moral inaltérable et maintient une ambiance joyeuse. Nous essayons de maintenir un semblant d'hygiène, ce qui est difficile car les poux nous considèrent comme des mets de choix. Avant de clore cette lettre, je te transmets les plus vifs remerciements de mes camarades qui ont grandement apprécié les paires de chaussettes tricotées de tes mains, tes mailles sont d'une irrégularité qui me laisse admiratif. Je suis presque heureux d'être au fond de mon trou et non dans ton salon, ce qui m'aurait valu de recevoir tous les coussins de ton canapé à la figure !
Pour être à nouveau sérieux, je t'assure que tout ne va pas mal. La situation n'est pas du tout catastrophique. Le soutien que vous nous apportez de l'arrière est très précieux. La guerre ne sera sans doute plus si longue, et les

Boches (ou ce qu'il en restera) ne s'éterniseront pas et rentreront bientôt chez eux en rampant !
Ma chère Juliette, je n'ai parlé presque que de moi dans cette lettre égoïste, car je sais que tu lis chacun de mes mots avec attention ! Mais tu sais aussi que tes lettres illuminent mes journées et que j'attends avec impatience ma prochaine permission pour reprendre des forces dans la chaleur de notre amitié. D'ici là, comme disaient nos amis romains, porte-toi bien !

Émile

La religieuse s'attarda longuement sur la missive. Juliette s'était rapprochée et relisait en même temps qu'elle les phrases d'Émile, des mots qui semblaient parfois échappés de la plume d'un autre…

Elle observa son enseignante qui avait sorti un cahier et, un crayon à la main, s'efforçait d'appliquer les quelques codes qu'elle connaissait. Avec un soupir, la jeune religieuse reposa son crayon et se tourna vers la jeune fille :

« Je ne trouve rien, mon enfant. Peut-être que cette missive reflète tout simplement son état d'esprit actuel, bien différent de celui qui l'habitait en temps de paix. En quelques mois de guerre, les jeunes gens deviennent vite des hommes, vous savez.

— Oui… mais ce ton, d'un optimisme forcé, cela lui ressemble tellement peu. Dès la mobilisation générale,

Émile n'hésitait pas à partager ses inquiétudes avec moi. Notre amitié est tellement forte. »

La voix de Juliette s'étrangla un peu et la jeune fille s'approcha d'une fenêtre pour aspirer l'air vif de l'extérieur et reprendre contenance. La sœur avait fermé les yeux et laissait glisser entre ses doigts les grains du chapelet qui pendait à la ceinture de son habit. Juliette se retourna et ferma les yeux à son tour. Sans prier, elle se laissait envahir par l'atmosphère paisible, attentive seulement au claquement clair des sabots sur le pavé et au vent léger qui faisait voltiger les feuilles rouge et or sur le trottoir. « Cela ressemble à un soir d'automne ordinaire, songea-t-elle. La vie quotidienne, les arbres qui se dépouillent, une religieuse qui prie… Mais là-bas, dans l'Est, c'est l'enfer ! »

« Juliette ! »

Sœur Marguerite-Marie la rejoignit lentement, la lettre à la main :

« Connaissez-vous l'encre sympathique ? »

Devant le visage interloqué de son élève qui pensait qu'elle perdait la raison, elle eut un léger rire :

« Il s'agit d'un procédé d'écriture invisible. On trempe sa plume dans du jus de citron ou du vinaigre. Pour pouvoir lire le message, il faut le placer devant une source de chaleur. La lampe à pétrole fera très bien l'affaire. Essayez. »

Juliette approcha fébrilement la lettre du halo lumineux. Après quelques longues minutes, elle sentit le papier tiédir entre ses doigts, mais aucun signe n'apparut dans les minces interstices laissés par l'écriture dense et fine d'Émile. La religieuse soupira de nouveau :

« Je suis navrée d'avoir éveillé un faux espoir en vous, Juliette. Apparemment, votre ami n'a pas utilisé cette technique. Il faut maintenant que vous rentriez chez vous. Après vos exploits en tant que chauffeur de taxi, vous ne pouvez pas inquiéter vos parents davantage…

— Non, regardez ! »

Juliette interrompit sans égards le monologue de la sœur.

« Vous ne constatez rien ? C'est tellement subtil que je ne m'en suis pas rendu compte, mais en transparence, on distingue bien…

— … que par endroits le tracé est accentué, et plus épais… Reprenez le texte, Juliette, et dictez-moi les mots mis en évidence ! »

Mon cher petit soldat,

Tu permets que je t'appelle ainsi ? Depuis que tu portes une distinction militaire que t'envient bien de mes camarades, je te considère comme l'une des nôtres ! Déjà deux mois que tu apparaissais devant moi, comme une résurgence des temps heureux… Ce mois de novembre est bien pluvieux, sombre et sinistre. Tu as dû apprendre par nos excellents journaux les conséquences de la bataille de la Marne. Les Allemands ont reculé, mais ont lancé un déluge de feu sur nos

lignes. Aucune des deux armées ne parvenant à prendre l'avantage sur l'autre, nous avons tous creusé des trous comme des lapins et nous voilà dans nos terriers, pardon, nos tranchées, à attendre l'attaque ennemie. Je ne suis plus si près de Paris, mais la sécurité m'interdit de te dévoiler ma position exacte. Nous sortons souvent les photos de nos proches, et pour ma part, un petit ruban de soie ivoire échappé de tes cheveux après notre dernière partie de tennis à Verdun me tient bien souvent compagnie.
Les journées se suivent et se ressemblent lorsque nous ne montons pas à l'assaut. La roulante nous apporte notre pitance, souvent froide, mais nous ne mourons pas de faim, loin de là ! Charles a un moral inaltérable et maintient une ambiance joyeuse. Nous essayons de maintenir un semblant d'hygiène, ce qui est difficile car les poux nous considèrent comme des mets de choix. Avant de clore cette lettre, je te transmets les plus vifs remerciements de mes camarades qui ont grandement apprécié les paires de chaussettes tricotées de tes mains, tes mailles sont d'une irrégularité qui me laisse admiratif. Je suis

presque heureux d'être au fond de mon trou et non dans ton salon, ce qui m'aurait valu de recevoir tous les coussins de ton canapé à la figure !
Pour être à nouveau sérieux, je t'assure que tout ne va pas mal. La situation n'est pas du tout catastrophique. Le soutien que vous nous apportez de l'arrière est très précieux. La guerre ne sera sans doute plus si longue, et les Boches (ou ce qu'il en restera) ne s'éterniseront pas et rentreront bientôt chez eux en rampant !
Ma chère Juliette, je n'ai parlé presque que de moi dans cette lettre égoïste, car je sais que tu lis chacun de mes mots avec attention ! Mais tu sais aussi que tes lettres illuminent mes journées et que j'attends avec impatience ma prochaine permission pour reprendre des forces dans la chaleur de notre amitié. D'ici là, comme disaient nos amis romains, porte-toi bien !

Émile

Déchiffrant par-dessus l'épaule de sœur Marguerite-Marie, Juliette reconstitua le message, atterrée :

Temps sinistre. Position exacte Verdun. Moral difficile. Tout va mal. Situation catastrophique. Guerre si longue. Boches s'éterniseront. Lis chacun de mes mots avec attention.

Le pressentiment qui ne la quittait pas depuis la découverte du message caché venait de se muer en terrible certitude.

En ce premier janvier glacial de l'année 1915, elle avait obtenu de ses parents, l'autorisation de se promener seule dans Paris. Il lui avait fallu attendre trois longs mois avant de regagner leur confiance. Même si sa mère ne le lui avait jamais avoué, Juliette savait qu'elle était très impressionnée par la Croix de guerre que le général Maunoury avait remise à sa fille, et très déçue que Juliette l'ait rangée dans un tiroir de sa coiffeuse au lieu de l'arborer fièrement.

Les fêtes de fin d'année avaient été un supplice pour la jeune fille. Ni Charles ni Émile n'avaient obtenu de permission pour Noël. Elle savait par leurs parents respectifs que Charles serait chez lui pour célébrer la nouvelle année, tandis qu'Émile devrait encore patienter une semaine avant de rejoindre Paris à son tour…

Ce matin, Juliette se hâtait vers le boulevard Saint-Germain, où Charles avait rejoint ses parents la veille.

Elle bouillait d'impatience de l'interroger sur tous les détails de leur vie de soldat, tout en se promettant de ne pas trop fatiguer le jeune homme, qui souhaitait certainement oublier la dureté des combats le temps de sa permission.

Alors qu'elle s'apprêtait à sonner, Charles ouvrit la lourde porte et la claqua derrière lui. Sidérée, elle aperçut un visage marqué par la fatigue, au sein duquel les yeux clairs fixaient les siens sans les voir. Sans même la saluer, il lui prit la main et l'entraîna d'un pas vif en direction de l'Odéon. Puis il s'engouffra dans la rue Mazarine, vers la Seine. Juliette, malade d'inquiétude, trottinait à ses côtés en retenant les questions qui se bousculaient sur ses lèvres. Elle était consciente que le jeune homme avait besoin de cette marche pour recouvrer ses esprits. Son visage était rasé de près, mais ses traits tirés témoignaient des longues semaines d'angoisse et d'insomnie.

Arrivés sur le pont des Arts, ils s'accoudèrent et regardèrent couler la Seine en contrebas. Paris était désert, tous les habitants restaient blottis chez eux, dans la joie des retrouvailles familiales pour certains, dans la douleur du deuil pour d'autres. Juliette prononça lentement :

« Qui ?

— Émile.

— Il est mort ?

— Porté disparu depuis notre assaut du 28 décembre. Je ne parviens pas à réaliser. Il est comme un frère pour moi. Et pour toi aussi, je le sais. Avec quelle tendresse il parle de toi !

— Il n'est pas mort, donc ? »

Charles tourna pour la première fois son regard vers Juliette qui semblait statufiée. Il la secoua doucement :

« Juliette… Porté disparu, cela signifie que l'on n'a pas retrouvé son corps. Mais en général… »

Il eut un sanglot et inspira profondément :

« Beaucoup de soldats morts restent sur le champ de bataille et ne sont pas identifiés.

— Pourtant, s'entêta Juliette d'une voix blanche, vos brancardiers les ramassent, non ? Et vous avez une plaque pour vous identifier ? Je vous déteste, Charles ! »

Sa voix monta soudain dans les aigus. Elle se tourna brusquement vers lui et elle se mit à marteler la poitrine du jeune homme :

« Comment l'avez-vous laissé "disparaître" ? Lui qui a toujours veillé sur vous ! »

Charles referma ses bras sur les épaules de la jeune fille et la berça doucement. Ils laissaient tous les deux leurs larmes couler, les yeux tournés vers le fleuve qui déroulait ses flots gris avec indifférence. Un ouvrier passa auprès d'eux, eut un sourire gouailleur à la vue des silhouettes enlacées et lança :

« Bonne année, les amoureux ! »

Sa voix fit l'effet d'un électrochoc sur les deux jeunes gens, perdus dans leur chagrin. Ils s'écartèrent l'un de l'autre et reprirent leur marche le long des quais. Charles fouilla dans la poche de son veston et tendit une enveloppe à Juliette :

« Il l'a écrite le jour de Noël. Il m'avait dit : "Espèce de planqué, puisque tu rejoins les civils avant moi, donne ça à Juliette de ma part." »

Juliette arracha la lettre froissée des mains du jeune homme. Ses doigts gourds mirent un temps infini à déchirer l'enveloppe. Charles s'était détourné avec délicatesse, même s'il mourait d'envie de se pencher sur l'épaule de son amie pour lire avec elle ce qu'il pensait être les derniers mots de son compagnon d'armes.

À travers ses yeux brouillés par les larmes, Juliette déchiffra péniblement :

...

Imagine-toi, mon amie, un silence total. Les États-Majors se sont mis d'accord pour nous accorder la trêve de la Nativité. En cette Nuit merveilleuse où un petit enfant naît dans le dénuement le plus absolu, les combats ont cessé. L'aumônier a célébré une messe à laquelle tous mes camarades ont assisté. Je n'ai jamais vu une telle ferveur ! Nous avons chanté, de nos voix éraillées par le froid et le tabac, les chants traditionnels. Et figure-toi, Juliette, que les Boches, oui, ces ennemis que

nous souhaitons de toutes nos forces renvoyer de l'autre côté du Rhin... Lorsque j'ai entonné « Douce Nuit... », un écho a repris : « Stille Nacht... » et nous avons chanté, chacun dans nos tranchées, dans une harmonie irréelle !
Ce n'est pas tout. Certains ont commencé à sortir de leur trou, un peu hésitants, en brandissant des bouteilles et des vivres. Nous avons fait de même, et nous avons partagé un réveillon fraternel de saucissons, de schnaps[1] et de chocolats.
Cette nuit, ma chère Juliette, m'a beaucoup apaisé. Les Allemands – car désormais je me refuse à les qualifier de « Boches » – sont des chrétiens, des hommes comme nous. Bien sûr, je le savais déjà. Mais cette nuit de Noël, j'en ai pris conscience au plus intime de mon être. J'ai discuté avec un soldat qui avait laissé sa femme et deux petites filles dans sa ferme, en Saxe. Il n'avait vraiment pas l'aspect d'un massacreur de Français, je puis te l'assurer ! Il était d'un commerce bien plus agréable que

1. Boisson alcoolisée allemande.

notre insupportable lieutenant Crignon qui se comporte comme un vrai dictateur. Ce brave Allemand, lui, avait un seul souhait : regagner au plus vite la douceur de son foyer.
Les combats vont reprendre demain. Il me faudra encore patienter quinze jours pour ma permission, aussi ai-je chargé Charles (le veinard !), qui rentre à Paris pour le jour de l'An, de te remettre ce petit mot. Je serai bien pris par ma famille, mais je compte bien que tu me réserves de longs après-midi pour jouer sur les courts du Luxembourg si la neige nous est épargnée. Tu verras que je sais toujours tenir une raquette.
Avec toute mon affection, ma petite Suzanne Lenglen !

Émile

Juliette replia lentement la feuille et la glissa dans son corsage. Les larmes coulaient toujours, mais plus calmement.

« Je veux tout savoir, Charles. Racontez-moi chaque instant, jusqu'au moment où il est… où vous l'avez perdu de vue.

— Qu'est-ce que cela vous apportera de plus, Juliette ? Je n'ai vraiment pas grand-chose à ajouter, vous savez.

Nous sommes sortis de la tranchée côte à côte, comme souvent. Ah, l'aumônier était aussi avec nous. Je me suis tourné vers Émile et lui ai soufflé : "À tout à l'heure, mon vieux!" Il m'a souri. Ensuite, chacun de nous s'est concentré sur le combat. C'était le petit matin, il faisait encore assez sombre. Les Allemands envoyaient des fusées éclairantes pour mieux nous repérer. Alors que je courais dans le *no man's land*[2] en direction des tranchées ennemies, un obus est tombé à quelques mètres, creusant un immense cratère. Je me suis retrouvé à demi enseveli sous les mottes de terre qu'il avait projetées et complètement sonné par le son de l'explosion. Lorsque j'ai retrouvé mes esprits, je suis reparti en avant, avec l'aide d'un camarade. Et puis... »

La voix de Charles trembla.

« Les Allemands étaient sur nous. Nous... nous sommes battus. Ils ont reculé et nous avons reçu l'ordre de regagner la tranchée. C'est seulement à ce moment-là que j'ai cherché Émile. Avec d'autres, nous avons ramené à l'abri plusieurs soldats blessés. Mais Émile n'était pas parmi eux. Je n'en sais pas plus, Juliette. Je suis passé dans toutes les tentes où avaient été rassemblés les blessés avant leur évacuation. Aucune trace d'Émile.

— Charles... Juliette le fixa avec intensité. Vous pensez qu'il est mort ?

2. Zone de combat située entre deux tranchées ennemies.

— Mon cœur se révolte contre cette éventualité, Juliette, mais ma raison, hélas, me pousse à envisager sa disparition.

— Eh bien, la mienne me souffle qu'Émile est vivant. Peut-être blessé, mais sauf! Et je compte bien le retrouver.

— Mais enfin, Juliette ! Où ? Comment ? Sans vouloir vous offenser, vous êtes une jeune personne au caractère très affirmé, mais une jeune fille ne peut se rendre sur le front et mener des recherches dans le chaos de la guerre ! La place d'une femme n'est pas dans les tranchées, je vous assure ! D'ailleurs, à l'exception de quelques infirmières ou ambulancières, il n'y en a aucune.

— À l'exception de quelques infirmières ou ambulancières ? »

Un sourire étira les lèvres fines de la jeune fille…

« Merci Charles, alors tous les espoirs sont encore permis ! »

Et Juliette, après un rapide baiser sur la joue du jeune homme désemparé, traversa en courant le pont des Arts. Une neige légère recouvrait d'un duvet blanc la rambarde à laquelle Charles s'était accoudé. Insensible au froid, il se laissait envelopper par le tourbillon glacé des flocons, tandis que les cloches de Notre-Dame égrenaient le premier angélus de l'année.

Chapitre 8

« Voici *La Samaritaine*, mademoiselle Juliette ! Faites de belles emplettes. »

Juliette acquiesça, un peu honteuse de dissimuler, une fois encore, la vérité au fidèle chauffeur. Elle se retourna et lança d'un ton faussement désinvolte :

« Merci beaucoup Marcel, et surtout, ne vous inquiétez pas ! Je prendrai le tram pour revenir ! »

Sans laisser au chauffeur interloqué le temps de protester, elle s'engouffra dans le grand magasin et se posta derrière un rayonnage pour voir l'automobile s'engager sur le Pont-Neuf et se frayer péniblement un passage entre les calèches et les passants. Elle sourit, soulagée :

« Bien ! Maintenant, acheter une paire de gants et m'éclipser en vitesse ! »

En quelques minutes, Juliette s'était faufilée entre les robes soyeuses des élégantes. Au rayon ganterie, deux jeunes filles, à peine plus âgées qu'elle, passaient sur leurs doigts fins une paire de gants après l'autre sans parvenir à faire leur choix. Juliette observa avec compassion et admiration la vendeuse qui, sans se départir de son sourire, vantait les mérites respectifs de chaque paire. Les clientes soupiraient, lissaient le cuir délicat, assortissaient l'accessoire à leur tenue. Juliette croisa enfin le regard de la vendeuse qui, de guerre lasse, s'était tue.

« Bonjour mademoiselle, pourriez-vous me donner… cette paire ? »

Juliette posa le doigt sur des gants de cuir clair, bien visibles sur le présentoir. Dans l'œil exercé de la vendeuse, une lueur d'espoir se ralluma. Elle enveloppa avec soin la paire demandée dans du papier de soie et la tendit à Juliette. Celle-ci la gratifia d'un radieux sourire et se dirigea vers la caisse pour s'acquitter de son achat. La jeune fille sentit peser dans son dos le regard interloqué des deux jeunes clientes qui hésitaient encore entre deux paires. Elle dut résister à l'envie de se retourner. Elle passa les portes dorées avec le soulagement d'un prisonnier qui retrouve sa liberté et aspira profondément l'air frais hivernal. Elle s'engagea sur le Pont-Neuf en direction du Quartier latin. En ce début d'année, il y régnait une atmosphère particulièrement calme, car les cours à la Sorbonne n'avaient pas encore repris. D'un pas vif, elle s'engagea dans la rue d'Ulm, puis tourna dans la rue Pierre-Curie et s'arrêta devant un austère bâtiment rectangulaire à trois étages.

Face au laboratoire de la plus célèbre physicienne française, Juliette hésita un instant. Elle se pencha pour observer son reflet : pour une fois, elle avait mis son corset et relevé ses cheveux en un chignon strict, afin de se vieillir de quelques années. Ses cheveux avaient bien repoussé, même si quelques mèches courtes et capricieuses s'échappaient de la résille dans laquelle elle les emprisonnait. Elle estima que l'on pouvait, sans exagération, lui donner dix-sept ans... Et même dix-huit ans, pourquoi pas ? Si seulement ses joues pouvaient se creuser un peu et perdre leur rondeur enfantine ! Elle inspira profondément, releva un pan de sa longue jupe marron pour franchir les trois marches du perron, et pénétra à l'intérieur de l'Institut du radium. Elle avait choisi le début du mois de janvier pour tenter d'y rencontrer la célèbre Polonaise, détentrice de deux prix Nobel – son père lui-même, qui considérait que la science n'était pas une affaire de femmes, tenait en haute estime Marie Curie pour ses découvertes sur la radioactivité. Juliette pariait sur le fait que la plupart des collaborateurs seraient absents, alors que madame Curie était réputée pour sa présence quasi quotidienne dans son laboratoire.

Elle avait visé juste. Le hall était désert, mais, par une porte entrouverte, elle distingua une silhouette menue et solitaire, vêtue d'une blouse noire, penchée sur une table de bois recouverte de fioles en verre. Juliette toussota :

« Madame Curie, je présume ? »

La physicienne se retourna lentement. Un pli de contrariété se dessina entre ses sourcils. Visiblement, elle avait compté poursuivre ses recherches sans être dérangée et son attitude laissait clairement entendre à Juliette qu'elle était indésirable. Elle hocha sa tête couronnée de cheveux blancs et fixa la jeune fille sans ouvrir la bouche.

Juliette comprit que pour elle aussi le temps était compté. Elle planta son regard dans celui de la chercheuse et se jeta à l'eau :

« Madame, j'éprouve une grande admiration pour vous et votre œuvre, et j'ai appris que vous montiez un projet pour soigner plus efficacement nos soldats blessés sur le front. »

Une expression ironique se peignit sur les traits de la chercheuse :

« Eh bien ! Les nouvelles traversent Paris à la vitesse de l'éclair, ma foi ! Et que venez-vous me proposer, mademoiselle ? Vous me semblez bien jeune pour être infirmière. En revanche, si vous et votre famille souhaitez contribuer au financement de mes voitures radiologiques, j'accueille votre aide avec reconnaissance.

— Je ne le puis, malheureusement. »

Le cerveau de Juliette moulinait désespérément pour proposer une explication plausible :

« Je… je ne travaille pas, mais mon père dispose d'un chauffeur qui m'a appris à conduire, à la campagne, sur des chemins accidentés, comme sur les routes, du côté de Verdun. Je crois que vous cherchez des conducteurs expérimentés, et je puis vous assurer que malgré mon jeune âge, j'en fais partie !

— Hum ! »

Marie Curie jaugea la jeune fille d'un œil critique, mais Juliette sentit qu'elle avait éveillé son intérêt.

« En effet, nous manquons cruellement de bons chauffeurs. Mais êtes-vous consciente, jeune fille, de la difficulté de la tâche ? Non, je regrette. Rejoignez plutôt un ouvroir, aidez à la fabrication des bandages pour nos soldats, tricotez-leur des chaussettes chaudes. Ces tâches me semblent plus appropriées à votre jeune âge. Et maintenant, vous voudrez bien m'excuser. J'ai du travail. »

Sans plus se soucier de Juliette, la physicienne se dirigea d'un pas vif vers son laboratoire dont elle ferma la porte.

À pas lents, Juliette ressortit de l'Institut et inspira profondément l'air glacial. Elle se sentait profondément humiliée. Dans sa naïveté, elle avait espéré que Marie Curie s'élèverait au-dessus des conventions et accueillerait avec enthousiasme sa proposition d'aide.

Elle traversa la rue et s'assit sur le banc en face de l'Institut. Après avoir ressenti humiliation et découragement, elle fut traversée par une détermination mêlée de colère :

« Faites vos expériences, madame Curie ! Je ne vais pas renoncer si rapidement. »

La nuit était tombée lorsque la menue silhouette de Marie Curie se dessina dans l'embrasure de la porte.

Serrant une sacoche de cuir défraîchie contre elle, elle se dirigea avec lassitude vers Juliette sans la voir. Celle-ci, qui grelottait sur son banc depuis plusieurs heures, se leva d'un bond et attendit en silence. Marie Curie la considéra avec une surprise non dissimulée avant de laisser naître un léger sourire sur ses lèvres :

« On dirait que vous avez de la suite dans les idées, jeune fille !

— Madame, je sens que vous me considérez comme une enfant gâtée que l'on a toujours protégée des dures réalités. Pourtant, je vous assure que je suis capable d'accomplir d'autres tâches que celles auxquelles vous voudriez me consigner. Depuis le début du conflit, j'ai fait mes preuves, vous savez !

— Ah oui ! »

Une lueur ironique s'alluma dans l'œil perçant de la chercheuse.

« Et comment donc, mademoiselle ? »

Malgré sa répugnance à évoquer sa participation à la bataille de la Marne, Juliette comprit que c'était sa seule chance de convaincre son interlocutrice et elle lui rapporta brièvement comment elle avait contribué à acheminer des soldats sur le front. Celle-ci l'écouta sans l'interrompre et avec un intérêt croissant.

« Ainsi, reprit lentement Marie Curie d'un ton grave, vous pensez vraiment pouvoir m'être utile ?

— Je le pense, madame. Je sais par ailleurs que vous transformez des limousines Renault en véhicules radiologiques et que je suis familiarisée avec ce modèle puisque c'est également celui de mon père.

— Il ne s'agit plus d'acheminer des soldats en bonne santé vers le front, mademoiselle. Outre votre rôle de chauffeur, vous devrez aider à radiographier des blessures parfois atroces. Si vous vous évanouissez, personne ne sera disponible pour agiter un flacon de sels sous votre nez délicat.

— J'en ai bien conscience, madame. Laissez-moi d'abord faire mes preuves comme chauffeur, je ne vous décevrai pas, je vous le promets.

— Vraiment ? Eh bien, voilà ce que je vous propose ! Louis, mon chauffeur, patiente au coin de la rue. Vous allez prendre sa place et me raccompagner chez moi. Ainsi, je pourrai juger de vos qualités de conductrice, et si elles me semblent satisfaisantes, je vous expliquerai ce que j'attends de vous. »

« Prenez la direction de Sceaux, Juliette ! »

Tandis que la jeune fille se concentrait sur la prise en main du véhicule et tentait d'oublier le regard furibond que lui avait lancé le vieux chauffeur, mécontent d'être délesté de ses prérogatives, Marie Curie exposait avec précision son projet :

« On peut évaluer à 250 kilogrammes le poids total de l'appareillage médical, ce qui signifie qu'il faudra adapter votre conduite à un véhicule lourdement chargé. L'objectif est de sillonner le front et de se rendre dans les hôpitaux de campagne à l'arrière des lignes, afin de faire passer un examen radiologique aux blessés les plus graves pour permettre au chirurgien un diagnostic plus rapide. Chaque voiture comprend une manipulatrice... »

Face à l'air interrogateur de Juliette, la physicienne expliqua :

« En ce moment même, de nombreuses jeunes filles sont formées par mes soins. Elles apprennent à utiliser le matériel pour réaliser les radiographies. Ma fille Irène, qui doit avoir à peu près votre âge, m'aide dans cette tâche. Vous la rencontrerez bientôt.

— Cela veut dire que vous me faites confiance ? Je pourrai me rendre utile à vos côtés ? »

Marie Curie observa en silence le profil de l'adolescente. Celle-ci s'efforçait de garder son regard fixé sur la route, mais ses mains frémissaient sur le volant et traduisaient son excitation.

« Je dois reconnaître que vous conduisez étonnamment bien pour une jeune fille de votre âge. »

La scientifique tourna légèrement la tête et se plongea dans ses pensées pendant un temps qui sembla interminable. Elle semblait à Juliette l'incarnation du calme et de la maîtrise de soi, si ce n'est la manie étrange qu'elle avait de frotter régulièrement ses doigts rougis. Marie Curie surprit le regard intrigué porté sur ses mains et poursuivit sur le même ton :

« Les conséquences inévitables de la manipulation du radium et autres éléments radioactifs. Mais l'avancée de la science vaut bien quelques désagréments ! »

Malicieusement, elle ajouta :

« Et rassurez-vous, je ne vous demanderai plus de contribuer financièrement au projet : une vingtaine de femmes fortunées, comme la marquise de Ganay et la princesse Murat, ont déjà mis à notre disposition leur voiture, et l'Union des femmes de France se démène pour en financer d'autres. Nous allons utiliser vos précieux talents à bon escient. »

« Irène ! »

La voix calme de Marie Curie résonna dans le hall spacieux. Derrière une porte fermée, des notes s'égrainaient avec une implacable régularité. À la fois intimidée et surexcitée par la situation insolite, Juliette retira ses gants neufs et les roula nerveusement en boule entre ses mains, avant de les fourrer dans la poche de son manteau.

Quand elle leva les yeux, une jeune fille, à peine plus âgée qu'elle, lui tendait la main avec un sourire hésitant. Son visage fin rappelait de manière surprenante celui de sa mère. Juliette fut frappée par son regard, profond et réfléchi, qui semblait la traverser, avant de se détourner avec tact.

Toutes les deux, embarrassées, ne savaient comment amorcer la conversation. Seul le son du piano derrière la fine cloison meublait un silence embarrassant. Irène se tourna vers sa mère qui s'affairait à la cuisine, remplissait une bouilloire et disposait quelques biscuits sur une assiette ébréchée.

« Juliette, voici ma fille Irène. Elle partage le même désir que vous et souhaite se rendre utile en soulageant autant que faire se peut les souffrances de nos soldats. Installons-nous au salon, jeunes filles, et je vous expliquerai mon projet autour d'une bonne tasse de thé. Oh ! La pianiste que vous entendez est ma plus jeune fille, Ève. Elle répète toute la journée. Et vous Juliette, aimez-vous la musique ?

— Je... bafouilla Juliette. Je joue également du piano, madame, mais je suis loin d'avoir le talent de votre fille. »

Marie sourit avec indulgence :

« En temps de guerre, votre habileté de conductrice nous sera bien plus utile. Venez vous réchauffer autour d'une tasse de thé, jeunes filles. »

Marie émietta pensivement un gâteau entre ses doigts abîmés par la manipulation des produits chimiques :

« Mes enfants, les soutiens à notre cause arrivent enfin. Figurez-vous, Juliette, que ce matin même, j'ai enfin obtenu du ministère de la Guerre le laissez-passer que la Croix-Rouge m'a maintes fois refusé. Je pars demain à Verdun. »

Irène réagit vivement :

« Comment, Mé[3] ? J'espère que tu as prévu que je serai également du voyage ? »

Ébahie, Juliette découvrit que la jeune fille qu'elle croyait timide et réservée possédait un caractère bien affirmé. Irène s'était levée et apostrophait sa mère, oubliant complètement la présence de leur invitée.

« Je viens de finir ma formation d'infirmière, comme tu me l'as demandé. Ce n'est pas pour mettre ce diplôme dans ma poche. Je pars avec toi !

— Irène, mon enfant, il n'est nullement question de t'empêcher d'agir. Tu as la mémoire courte. Dois-je te rappeler que le premier novembre 1914, tu étais à mes côtés, à l'hôpital de Creil, à quelques kilomètres du front seulement ? Que nous avons passé la journée à assembler le matériel de radiographie nécessaire à l'examen des blessés ? Que tu m'as aidée, enfin, à localiser avec précision les projectiles fichés dans les chairs des soldats pour que le chirurgien puisse les opérer ? »

Un silence suivit la tirade de Marie. Celle-ci avait conservé le même ton, calme et posé. Il semblait qu'aucune situation ne puisse ébranler son assurance tranquille. Irène, elle, semblait bouleversée. Elle avait fermé les yeux et se remémorait sa première confrontation aux atrocités de la guerre.

---

3. Surnom affectueux que les filles de Marie Curie donnaient à leur mère.

Juliette, à la fois émue et gênée, reposa sa tasse encore brûlante sur le guéridon. Elle se demandait s'il ne valait pas mieux prendre congé, lorsque Marie se tourna vers elle, le regard grave, mais un sourire aux lèvres :

« Comment pouvons-nous espérer vaincre nos ennemis, si la guerre est présente au sein de nos foyers ? Ne vous inquiétez pas, Juliette, vous n'êtes pas importune. Irène et moi avons un mode de communication un peu vif, mais nous nous entendons à merveille ! Quant à toi, ma chérie, calme-toi. Demain, je pars seule avec Louis pour une mission de reconnaissance. Il faut que j'évalue les besoins des unités médicales, du côté de Verdun cette fois. Mais vous n'allez pas rester inoccupées pour autant...

— Qu'allons-nous faire ? »

La question avait jailli à l'unisson. Irène et Juliette se regardèrent et éclatèrent de rire. Le bref instant de gêne qui avait présidé à leur rencontre était définitivement dissipé et la guerre ne parvenait pas à effacer tout à fait leur spontanéité joyeuse. Malgré les deux années qui les séparaient, elles s'étaient reconnues. Même volonté de servir, de s'affirmer dans ce monde d'adultes où on les cantonnait souvent à une place secondaire.

« Voici votre mission, mesdemoiselles, reprit la physicienne. Je vous charge de récupérer les deux limousines que m'ont promises la marquise de Ganay et la princesse Murat. »

Marie ouvrit un tiroir de son secrétaire et en tira une liste qu'elle tendit à Irène :

« Leurs adresses sont inscrites sur cette feuille. Juliette, vos parents disposent-ils d'un téléphone ? Permettez-moi de les prévenir, je ne peux utiliser vos services comme si vous étiez ma fille. »

Juliette grimaça. Toute à son exaltation, elle avait oublié ce détail. Après son escapade avec les taxis de la Marne, en septembre dernier, elle avait mis un temps fou à regagner la confiance de ses parents. La laisseraient-ils sans protester sous la protection de la plus grande scientifique française ? Certes, son père tenait celle-ci en grande estime, mais il affirmait également avec fermeté que la place d'une femme était au cœur du foyer et non au milieu des tubes à essai. Pourtant, Juliette s'exécuta et donna le numéro demandé d'une voix remplie d'appréhension.

La silhouette fine de Marie se pencha sur le combiné et les filles l'entendirent demander à l'opératrice :

« Passy 20 80, je vous prie, mademoiselle. »

Irène saisit la main de Juliette et lui chuchota à l'oreille :

« Ne vous inquiétez pas, ma mère est particulièrement convaincante… Vous en avez eu la preuve à l'instant. Elle parvient toujours à ses fins.

— Je n'en doute pas, Irène, mais mon père est directeur d'usine, il a plus l'habitude d'être obéi que commandé. Et il me surveille beaucoup depuis… Juliette se mordit les lèvres. Euh ! Depuis que je suis toute petite. »

Elle avait failli confier à Irène sa folle aventure avec les taxis de la Marne et ses retrouvailles avec Émile.

Même si elle se sentait attirée par la jeune fille comme par la grande sœur qu'elle n'avait pas eue, elle préférait attendre que leur amitié se consolide avant de se confier plus intimement.

« Bien sûr, monsieur… Oui… Je suis tout à fait consciente que ma demande peut vous sembler incongrue… Oui, Juliette est très jeune, mais elle est capable de rendre de précieux services à notre patrie menacée. Ses talents de conductrice sont rares et bien utiles en ce moment. Ma fille Irène, qui a dix-sept ans, sera à ses côtés. Elle est infirmière, extrêmement raisonnable et veillera sur elle comme sur sa jeune sœur. Juliette est avec moi, je vous la passe. »

Juliette saisit le téléphone, tandis que Marie et Irène remportaient le plateau dans la cuisine et refermaient avec discrétion la porte derrière elles. Au ton faussement sévère de son père, Juliette eut l'intuition que la partie était gagnée :

« Alors, ta fugue de cet automne n'a pas apaisé ton besoin d'aventure? Tu quittes la maison pour acheter une paire de gants et tu te retrouves engagée au service de madame Curie? »

Juliette conserva un silence prudent, mais son père avait également décidé de se taire. Prenant son courage à deux mains, elle se lança :

« Papa, je vous remercie de ne pas vous mettre en colère. Je comprends que Maman et vous souhaitiez me protéger des dangers du monde, mais je ne suis plus une enfant! Des jeunes filles à peine plus âgées que moi deviennent infirmières pour soigner nos soldats blessés par les Allemands. Je vous en supplie, Papa, laissez-moi aussi servir ! Je ne supporte plus d'être enfermée dans une salle de classe. Il sera bien temps pour moi de reprendre mes études lorsque la guerre sera achevée. N'est-ce pas plus urgent d'unir toutes nos forces pour ramener la paix dans notre cher pays ? »

Juliette s'interrompit avant de fondre en larmes. Toute la tension accumulée menaçait d'emporter les défenses qu'elle essayait de maintenir. Pourtant, elle avait ouvert une brèche dans la muraille qu'elle avait soigneusement édifiée entre ses parents et elle. Elle sentit que sa sincérité avait ému son père. À travers les grésillements de la communication, il se raclait la gorge.

« Cette guerre terrible fait grandir trop vite nos enfants… Je me charge de convaincre ta mère, ma chérie. Juliette ? Tu sais que j'ai souvent exprimé ma déception de ne pas avoir eu un fils, même si je tiens à toi comme à la prunelle de mes yeux. Aujourd'hui, je n'ai plus aucun regret et tu combles mon cœur de père. Complètement. »

Chapitre 9

Émile sentit la terre lourde et humide s'insinuer dans sa bouche et son nez. Frénétiquement, il battit des bras, tel un nageur à la recherche de la surface. Le silence était plus assourdissant que le vacarme des obus quelques minutes plus tôt. Il porta la main à sa joue et la retira, souillée par un mélange de sang et de boue. Sans parvenir à placer des mots sur ce qu'il venait de vivre, des images s'imprimaient sur sa rétine, comme les flashes de magnésium précédant la photographie.

Il revoyait un camarade lui taper l'épaule en guise d'encouragement, juste avant d'escalader leur tranchée, puis ce même camarade disparaître dans une gigantesque éclaboussure de boue et de métal.

S'appuyant sur ses coudes, il évalua la situation avec difficulté. Il se sentait totalement désorienté. Dans ses oreilles, le bourdonnement ne cessait pas. Où se trouvait-il ? Pourquoi était-il terré au fond de cet immense cratère ?

En rampant péniblement vers le haut, il aperçut de nombreux corps, semblables à des pantins désarticulés. Certains d'entre eux avaient le visage enfoncé dans la boue, d'autres regardaient le ciel. Dans un réflexe instinctif, Émile leur ferma doucement les paupières. Il ne comprenait rien. Pourquoi tous ces morts ? Épuisé, il ferma les yeux. Dans un demi-sommeil, il entendit une voix crier :

« Camarades ! Camarades ! Vous êtes vivants ? Le combat est fini ! Camarades ! Nous sommes les brancardiers. Répondez… »

Après un instant de silence, une autre voix, plus grave, reprit :

« Laisse tomber, André. Ils sont tous morts, les pauvres gars. Ah, saloperie de guerre ! »

Au prix d'un effort immense, Émile murmura :

« Aidez-moi, je vous en prie. Ne partez pas ! »

Mais les pas pesants des brancardiers décrurent et le silence revint prendre possession de l'ensemble du *no man's land.*

En titubant, il parvint enfin en haut du cratère. Au cœur d'un paysage lunaire que la nuit tombante commençait à assombrir, il rampa péniblement vers une masse sombre qu'il identifia comme une forêt. Des arbres ! Là-bas, il serait à l'abri. Lorsqu'il parvint à couvert, il se redressa. Le sol ne s'enfonçait plus sous son poids et ses chaussures faisaient crisser la fine pellicule de gel. Malgré le froid intense qui y régnait, Émile eut l'impression de pénétrer au cœur d'un paysage féerique. Les branches formaient des entrelacs délicatement saupoudrés de blanc. Il s'assit, but de longues gorgées d'alcool et sentit son sang brûler dans ses veines. Puis, en évitant de mâcher du côté droit, il arracha voracement quelques bouchées à la miche de pain placée au fond de son paquetage.

Il s'observa un instant : son uniforme bleu horizon était recouvert intégralement d'une carapace de boue, qui rendait maladroite sa démarche, mais avait l'avantage d'offrir une protection contre le froid. Son casque avait disparu, ainsi que son fusil. Les bandes molletières qui entouraient ses jambes pendaient lamentablement à ses chevilles. Émile les enroula de ses doigts tremblants. Sans être vraiment conscient de ce qu'il faisait, il se remit debout. Une idée commença à éclore dans son cerveau bouleversé. Progressivement, elle occupa toutes ses pensées jusqu'à l'obsession : « S'éloigner, partir le plus loin possible de cet endroit apocalyptique. » Tel un automate, il traversa les bois. La nuit était désormais tombée, mais les arbres à moitié dénudés laissaient filtrer les rayons de la pleine lune. Il atteignit bientôt un champ, qu'il traversa. Après une marche qui lui sembla interminable – combien de kilomètres avait-il parcourus, cinq, dix ou quinze ? –, une grange aux planches disjointes se découpa dans la semi-obscurité. Émile sourit de soulagement. Rassemblant ses dernières forces, il poussa la porte fermée par un simple loquet et se jeta dans la paille odorante et sèche. Puis il sombra dans un sommeil de plomb.

« Ben mon gars ! Qu'est-ce que tu fais donc ici ? »

Émile ouvrit les yeux avec difficulté, ébloui par le soleil matinal. Il s'assit dans le foin craquant et gémit en portant sa main à sa joue droite. Le vieil homme trapu, casquette penchée sur l'oreille, appuyé sur sa fourche, l'observait en silence. Comme le jeune soldat le fixait d'un air perdu, il finit par reprendre lentement :

« Tu m'as pas l'air en grande forme, mon gars. Sous ta croûte de boue, on dirait bien un uniforme. Le front n'est qu'à quinze kilomètres de ma grange. Tu as déserté, c'est ça ?

— Dé-ser-té ? »

Émile détacha les trois syllabes avec lenteur, comme pour s'approprier le sens du mot.

« Non, je ne crois pas. Je suis tombé dans un immense trou. Il y avait des morts tout autour de moi. Alors j'ai marché, marché. Je suis allé dans la forêt. Après, j'ai vu cette grange. J'étais si fatigué… Excusez-moi, je vais partir.

— Tu es incapable de mettre une jambe devant l'autre, mon gars. Tu parais rudement commotionné. Allez, grimpe dans ma charrette, je te ramène à la ferme. Quand tu seras lavé et soigné, tu retrouveras peut-être tes esprits. Appuie-toi sur moi… M'est avis que t'as reçu un éclat d'obus en pleine figure, mais ça m'a pas l'air trop profond. Je m'en vais te nettoyer ça avec du bon alcool bien fort. »

Une heure plus tard, sans trop comprendre comment, Émile grimaçait et serrait les dents. Il était assis sur une chaise branlante devant la cheminée. Les flammes répandaient une chaleur bienfaisante qui lui faisait monter les larmes aux yeux : il ressentait l'irrésistible envie d'entrer dans l'âtre, de saisir les flammes à pleines mains, pour pouvoir enfin sentir la chaleur irradier dans ses os gelés. Mais il lui fallait se maîtriser et supporter les soins rudes du paysan. Celui-ci avait imbibé d'eau-de-vie un chiffon d'une propreté douteuse et s'efforçait d'enlever la croûte de boue et de sang séché qui recouvrait son visage. Après avoir infligé au jeune homme de longues minutes d'un cuisant supplice, il se recula et considéra son œuvre d'un air satisfait :

« Là, mon gars ! Tu as retrouvé figure humaine, même si tu garderas une belle cicatrice. Mais ça te donnera un air viril qui plaira beaucoup aux demoiselles. »

Se penchant au-dessus de la cheminée, l'homme plongea une louche dans la marmite suspendue au-dessus du feu. Il tendit à Émile un bol rempli d'une soupe fumante. Celui-ci l'aspira avec voracité, puis leva les yeux vers son bienfaiteur, l'air confus. Celui-ci rit franchement et remplit de nouveau le récipient.

« Allez, cale-toi l'estomac… La soupe du père Blaise, ça te rassasie son homme ! Peut-être que la mémoire va te revenir, par la même occasion ! »

Émile fronça les sourcils. Il articula avec précaution :

« Où… Où sommes-nous exactement ?

— Enfin, mon gars, tu tombes de la lune ? Voilà six mois qu'on se bat contre les Boches, ça te dit quelque chose, tout de même !

— Oui… »

Émile reprit d'une voix hésitante :

« Ce sont les Allemands, n'est-ce pas ? Et moi, je me battais avec eux, non… Contre eux.

— Ça c'est sûr, vu ton uniforme, tu es un bon Français ! Mais on dirait que le choc de la bataille t'a complètement retourné le cerveau. Comment t'appelles-tu ?

— Je m'appelle… Je… »

Émile lance un regard angoissé au brave homme.

« Je… Je ne sais plus, mon Dieu.

— T'inquiète pas, mon garçon, ça va te revenir. En attendant, on va vérifier ça. »

Le fermier se leva et sortit de la capote boueuse d'Émile son portefeuille qu'il lui tendit. Le jeune homme y prit une carte qu'il déchiffra péniblement :

Nom : Verdier
Prénoms : Émile Jean Eugène
Né le : 18 décembre 1894
À Verdun,
Département : Meuse
Nationalité : française
Situation de famille : célibataire
Profession : étudiant

SIGNALEMENT

Taille : 1m80
Visage : ovale

Teint : clair
Nez : moyen
Yeux : gris
Cheveux : noirs

Émile leva les yeux et articula avec stupeur :

« C'est mon identité ? Je m'appelle Émile Verdier ?

— On dirait bien que oui, mon gars. Et ça m'étonne pas que tu sois étudiant. Tu parles bien. Médecine ? Droit ?

— Je ne me souviens pas.

— Et ça ? »

Le paysan brandit entre ses grosses mains rugueuses le délicat visage de Marthe.

« Un joli minois, dis donc ! Ta fiancée, certainement ? »

Émile fixa la photographie d'un air stupide. Les doux yeux de la jeune fille n'évoquaient rien à sa mémoire.

« Enfin, tu ne peux pas avoir effacé tous tes souvenirs… Émile ! Émile ! Il te parle, ce prénom ? »

Le fermier continuait d'explorer les recoins du portefeuille :

« Regarde, elle t'a même donné un ruban. Eh, mon gars ! Calme-toi, je ne vais pas te le voler ! »

Émile arracha brusquement des mains du brave homme le morceau de tissu grisâtre. Il porta la soie moirée à ses lèvres et ferma les yeux pour mieux discipliner les images qui s'imprimaient violemment sur sa rétine : une jeune fille courait, une raquette à la main.

L'image s'effaça pour laisser place à la suivante : la jeune fille riait, au volant d'une automobile. Mais il avait beau se concentrer, il ne parvenait pas à distinguer son visage. Émile se pencha en avant, et balança tout son corps d'avant en arrière en gémissant :

« Qui suis-je ? Seigneur, qui suis-je ? »

Émile tira sur le pantalon de toile grossière afin de mieux protéger ses chevilles contre le froid mordant. Depuis deux semaines, il vivait paisiblement dans la ferme du père Blaise dont il découvrait chaque jour les qualités de cœur. Celui-ci le soignait, l'habillait, le nourrissait comme s'il était son fils. Émile avait peu à peu repris des forces. Sa blessure, sans gravité, cicatrisait bien. Il était désormais capable, depuis deux jours, de venir en aide à son bienfaiteur en se rendant à la grange pour charger le fourrage nécessaire à l'alimentation des vaches. Cependant, deux kilomètres la séparaient de la ferme. Deux interminables kilomètres, et Émile les parcourait avec une appréhension qu'il dissimulait difficilement. Le grondement des tirs d'artillerie, même assourdis par la distance, déclenchait des tremblements irrépressibles dans tous ses membres.

Le premier soir, lorsqu'il était rentré dans la cour obscure de la ferme, parcouru de frémissements, le père Blaise avait vite compris que le froid n'était pas en cause. Son jeune protégé ne cessait de jeter des regards angoissés derrière lui et obligeait la vieille jument à trotter à une allure incompatible avec l'état de délabrement de l'animal. Le vieux paysan avait saisi les rênes :

« On dirait que tu as croisé la mort en personne, mon gars. File donc dans la ferme prendre un bol de bouillon et reste devant la cheminée. Je décharge le foin et je te rejoins. »

Lorsqu'il s'était glissé dans la pièce commune, Émile se balançait dans un mouvement mécanique et se tordait convulsivement les mains. Le fermier, avec une douceur toute paternelle, avait enveloppé le jeune homme dans une rugueuse couverture de laine et l'avait forcé à s'asseoir devant le feu avec une assiette de soupe. Émile s'était progressivement apaisé.

S'il n'avait toujours pas recouvré l'usage de la mémoire, il se montrait parfaitement cohérent dans son raisonnement et il s'était demandé ce qui poussait le fermier à témoigner tant de bonté à un étranger. Lorsqu'il avait enfin osé poser la question, le regard du père Blaise s'était voilé et les vieux genoux avaient plié devant l'âtre pour ranimer un feu qui n'en avait nul besoin. Là, toujours tourné vers les flammes crépitantes, le vieil homme avait lancé :

« Antonin. Mon fils. Mort sur la Marne. Ma femme l'a suivi dans la tombe deux mois après. Si je peux faire quelque chose pour éviter à une autre famille de vivre une douleur pareille… C'est pas humain, de perdre son gosse de vingt ans, tu comprends, petit ? »

Depuis cet aveu à la fois déchirant et pudique, le père Blaise insistait pour qu'Émile écrive à ses parents.

« Qu'attends-tu, mon gars ? Tu imagines le supplice de ta mère, qui n'arrive pas à croire vraiment à ta mort ? La douleur de ton père qui garde un minuscule espoir ? Tant qu'on n'a pas retrouvé ton corps, tu es considéré comme disparu. »

En ce lugubre soir de février, la bise balayait les champs et venait s'écraser en hurlant sur les murs solides de la ferme. Les deux hommes, après les soins donnés aux bêtes, se tenaient devant le feu, les mains serrées autour d'un petit salé aux lentilles qui avait mijoté toute la matinée. Émile mangeait en silence, maudissant son compagnon qui troublait sa quiétude. Mais celui-ci insistait. Il retira le bol vide des mains du jeune homme et approcha une petite table branlante. Sur celle-ci, une plume, un encrier et une feuille de papier piquetée par l'humidité.

« Écris ! Je sais que tu as de l'instruction, tu parles comme un monsieur de la ville. Prends cette plume et écris. J'irai poster cette lettre au village demain. »

Mes chers parents… Après avoir tracé ces trois mots d'un trait indécis, Émile regarda, désorienté, le vieux paysan qui montait la garde à ses côtés, le visage fermé. Il balbutia :

« Que… Que faut-il que je dise ? Je ne m'en souviens plus… Je ne sais même pas si j'ai des frères et sœurs. Je me rappelle que j'habite à Paris. J'ai une image de la tour Eiffel. Avec des amis, nous nous amusions à escalader ses piliers de métal, la nuit. Pourquoi ? Pourquoi est-ce que ce souvenir ridicule me revient à la mémoire alors que je n'arrive pas à voir le visage de mes parents ?

— Là… Ne t'énerve pas, Émile. C'est bien encourageant que tu saches où tu habites. Le reste reviendra progressivement. Tu es trop bouleversé aujourd'hui. J'aurais bien écrit pour toi, mais j'ai pas tenu une plume depuis quarante ans et j'ai jamais été bien doué pour ça, à l'école ! Demain, tu termineras tranquillement.

— Mais si on me retrouve… on va me renvoyer en enfer ? Je ne supporte plus le bruit, le sang des hommes et des chevaux qui se mélangent dans les tranchées. Je suis bien avec vous, père Blaise. Gardez-moi, je vous en supplie. J'ai de la force, je remplacerai votre fils au travail… et dans votre cœur. Ne me renvoyez pas ! »

Malgré la chaleur dégagée par la cheminée, le corps d'Émile était parcouru de tremblements. Ses yeux semblaient voir au-delà des murs solides de la ferme, les doigts se tétanisaient sur les bords rugueux de la table qu'il renversa avec violence.

Avec beaucoup de douceur et de patience, le paysan le soutint jusqu'à la chambre de son fils et le borda comme un enfant. Lorsque Émile eut enfin sombré dans un sommeil agité, il le regarda dormir, longuement, tandis que les larmes se frayaient péniblement un chemin au creux de ses joues ridées.

À 8 heures du matin, la nuit s'estompait à peine. Debout sur le pas de la porte, le père Blaise frissonna dans le froid piquant.

« Enfin, marmonna-t-il, la bise est tombée, c'est déjà ça. Je m'en vais réveiller le garçon. Émile ! Debout, mon gars. Les bêtes attendent. »

Dans la chambre, les draps froissés étaient rejetés sur le plancher et la fenêtre était largement ouverte sur les champs couverts de givre. De trace d'Émile, aucune.

Chapitre 10

« C'est ici. »

Les deux jeunes filles s'engagèrent dans la rue de Monceau et Irène désigna l'imposante façade de l'hôtel particulier de la famille Murat avant d'ajouter :

« Je suis vraiment soulagée que vous m'accompagniez. Je déteste les mondanités, comme ma mère. Vous avez plus l'habitude que nous de fréquenter le Tout-Paris.

— N'en croyez rien, Irène ! Ma mère s'arrache les cheveux à chaque fois qu'elle m'emmène prendre le thé chez ses amies. Je passe mon temps à vider les assiettes de gâteaux et à caresser les petits chiens de ces dames. »

Tandis que le majordome les escortait cérémonieusement auprès de la princesse, Juliette souffla à l'oreille d'Irène :

« Mais ne vous inquiétez pas, je vais bien me tenir aujourd'hui ! Le jeu en vaut la chandelle…

— Mademoiselle Marsay, mademoiselle Curie ! La marquise de Ganay et moi-même étions tellement impatientes de faire votre connaissance. »

Intimidées, Juliette et Irène esquissèrent une légère révérence avant de s'asseoir avec précaution sur les fauteuils que la princesse leur désigna d'un gracieux geste de la main. Le grand salon avait davantage l'apparence d'un musée que d'un lieu de réception. Chaque vase, guéridon, tableau rappelait le glorieux passé de la famille Murat aux côtés de l'Empereur. Malgré ses bonnes résolutions, Juliette ne parvenait à détacher son regard du portrait d'un homme brun, en uniforme. La princesse sourit :

« Vous le reconnaissez, mademoiselle ?

— Joachim Murat, maréchal d'Empire, rétorqua immédiatement Juliette en bénissant intérieurement les cours d'histoire de sœur Marguerite-Marie. Il a suivi l'Empereur dans la plupart de ses campagnes et il s'est couvert de gloire à Austerlitz, n'est-ce pas ?

— Eh bien, il est rare de rencontrer une jeune fille de votre âge aussi férue d'histoire ! Oui, mon aïeul appartenait au cercle des intimes de l'Empereur qui l'a récompensé de cette fidélité en lui accordant le Royaume de Naples. »

La princesse soupira :

« Ce fut l'heure de gloire de notre famille. Elle fut brève cependant et elle nous apprend que les honneurs de ce monde sont bien fragiles. Enfin mes enfants, vous n'êtes pas venues pour m'entendre soupirer après la gloire évaporée de mes aïeux. Aujourd'hui, c'est vous qui allez construire notre histoire. »

La princesse se tourna vers Irène, restée silencieuse depuis le début de l'entretien :

« J'éprouve une immense admiration pour votre mère, mademoiselle, qui a consacré sa vie à l'avancée de la science et a transmis sa foi à la jeune fille que vous êtes. Mon amie la marquise de Ganay et moi-même mettons à votre disposition nos limousines pour que votre mère puisse en user comme elle le souhaite.

— Madame, je puis vous assurer de l'immense reconnaissance de ma mère. Elle m'a cependant chargée de vous rappeler que vos automobiles vont subir de nombreuses transformations et que les risques de la guerre… »

La princesse Murat balaya les timides objections d'Irène d'un rire cristallin :

« N'ayez aucune inquiétude, mon enfant. Que l'intérieur de ma voiture soit taché du sang de nos soldats nous remplira de fierté ! Que la carrosserie soit repeinte en gris et qu'on y appose le drapeau français et la Croix-Rouge nous comblera de joie ! Ce sera notre bien modeste contribution à l'effort de guerre, sans comparaison avec le dévouement dont vous faites preuve ! Nos chauffeurs déposeront les deux limousines devant l'Institut du radium demain soir. »

« Nous y sommes, Juliette. Garez-vous devant la porte du baraquement, le déchargement des appareils en sera facilité. »

Juliette effectua une marche arrière pour se ranger le long d'un vaste baraquement en bois hâtivement construit et recouvert de nombreux insignes de la Croix-Rouge, censés le protéger des bombardements allemands.

Elle avait quitté Paris à l'aube, Marie Curie à ses côtés, tandis qu'Irène s'installait tant bien que mal parmi les caisses de matériel radiologique qui encombraient l'arrière. Premier point positif, elle s'était adaptée tout de suite à son véhicule, la berline Renault de la princesse Murat, semblable à celle de son père. Le trajet entre Paris et Verdun lui était, en outre, parfaitement familier. C'était la route des vacances d'été depuis son plus jeune âge. En ce froid matin de février 1915, cependant, c'était elle, et non le fidèle Marcel, qui conduisait l'automobile et ses passagères ne se préparaient pas à un plaisant séjour ensoleillé sur les rives de la Meuse. Elles rejoignaient le front ou, plus exactement, l'un des hôpitaux de campagne installés aux alentours immédiats de Verdun, après six heures de trajet éprouvant. La route inégalement goudronnée était souvent recouverte d'une fine couche de verglas et l'automobile lourdement chargée s'était plusieurs fois déportée dangereusement vers le fossé. Juliette avait évité le pire et admiré le stoïcisme de Marie et Irène, qui n'avaient pas laissé échapper le moindre cri de frayeur. Les mains abîmées de la physicienne s'étaient crispées discrètement sur les plis de sa blouse blanche.

« Mademoiselle, donnez-vous la peine. »

Juliette sortit de sa rêverie et rencontra le regard rieur et étonné d'un soldat qui, malgré sa jambe bandée du mollet à la cuisse, avait clopiné pour lui ouvrir galamment la portière. Confuse, elle balbutia un remerciement tandis que le soldat ironisait gentiment :

« Trois anges tombés du ciel ! Mesdemoiselles, je suis le sergent Maurice Rabot, pour vous servir. Enfin... dans la mesure où ma jambe me le permettra.

— Je vous remercie, sergent. »

Marie Curie vint au secours de Juliette qui ne savait que répondre :

« Voudriez-vous appeler le médecin chef afin que nous sachions où installer le matériel ?

— Ne vous donnez pas cette peine, sergent, j'ai entendu la voiture arriver. »

Un homme d'une cinquantaine d'années, aux paupières tombantes et rougies par la fatigue, venait de masquer l'ouverture de sa silhouette haute et massive.

« Madame Curie, je présume ? Le sergent va vous montrer les salles où disposer vos caisses. Je ne puis malheureusement mettre des bras masculins à votre disposition. La plupart ne sont pas en état de porter de lourdes charges. Quant à moi, vous voudrez bien m'excuser. Une amputation m'attend. »

Marie Curie ne broncha pas. Elle était habituée depuis plusieurs mois à un accueil abrupt. La plupart des chirurgiens n'avaient aucune connaissance en radiologie et leur scepticisme s'accentuait lorsqu'ils réalisaient que leur initiatrice était cette femme frêle, certes double prix Nobel de physique et chimie, mais dont la place sur un champ de bataille était totalement incongrue.

Elle jeta un coup d'œil sur les deux jeunes filles : Irène, impassible, commençait déjà à sortir les écrans et les paires de gants destinées à protéger les mains des manipulatrices. Juliette avait pâli à la vue du tablier couvert de taches de sang et l'évocation d'une amputation imminente l'avait fait vaciller. Mais déjà elle se reprenait et aidait Irène à extirper l'appareil à rayons X du véhicule.

« Bien, songea Marie, je ne me suis pas trompée, cette petite a du cran. »

Telle une procession, les trois femmes pénétrèrent à la suite du sergent Rabot dans une vaste salle où étaient alignés des lits à intervalles réguliers. Au fond de celle-ci, plusieurs cloisons de bois divisaient l'espace en petites pièces d'examen. Marie prit la direction des opérations avec son efficacité coutumière :

« Juliette, déroulez le câble qui reliera la dynamo dans la voiture aux appareils. Il fait vingt-cinq mètres, cela suffira largement. Faites en sorte qu'il longe le mur pour éviter que l'on ne se prenne les pieds dedans. Irène ! Aide-moi à installer la table d'examen. Dispose le porte-ampoule en dessous de la table. Bien. Place à portée de main papier, crayons, gants et lunettes de protection, fil à plomb. Parfait. Les plaques et châssis le long de la cloison, s'il te plaît. Voilà. Aide-moi à poser les rideaux noirs à cette fenêtre, il nous faudra une obscurité totale pour le cabinet de photographie. »

La mère et la fille s'affairèrent et, en une demi-heure, l'unité radiologique fut prête à fonctionner. Irène traversa de nouveau la grande salle pour rejoindre Juliette qui patientait dans le véhicule.

« Peux-tu démarrer l'auto, Juliette ? Cela va actionner la dynamo. Maman souhaite vérifier que le courant circule. »

Juliette tourna vigoureusement la manivelle et le moteur se mit à ronronner comme un vieux chat satisfait. Marie Curie rejoignit bientôt les deux jeunes filles. Quelques mèches grises s'échappaient de son voile d'infirmière :

« Parfait mes filles, l'ampoule s'est allumée. Nous allons pouvoir accueillir nos premiers blessés. Juliette, vous nous observerez, dans un premier temps. Rappelez-vous : ayez toujours une voix réconfortante, des gestes doux et respectueux. Les blessés, quel que soit leur âge, redeviennent souvent comme des enfants lorsque la mort les menace. Et vous, toute jeune que vous êtes, vous devez les rassurer avec une douceur toute maternelle. »

Malgré la situation tragique, Juliette se sentit étrangement apaisée. Était-ce d'entendre la grande scientifique l'englober au sein de sa famille, alors que la sienne lui manquait cruellement à cet instant précis ? Le « mes filles » prononcé par Marie lui réchauffait le cœur. Mais elle n'eut pas le temps de s'appesantir sur ses états d'âme.

Déjà deux brancardiers louvoyaient entre les médecins et infirmières. Entre eux, une civière sur laquelle gisait un jeune soldat au pantalon d'uniforme en lambeaux. Le médecin chef procéda à un examen rapide avant de lancer un diagnostic laconique :

« Fracture du bassin. Si vous pouviez me la localiser avec précision...

— Déposez-le sur la table. Merci, messieurs. Irène, es-tu prête ?

— Madame, je vous en prie... Ça va faire mal ? »

La voix faible et suppliante du soldat remua profondément Juliette. C'était donc vrai que ces hommes, qui montaient à l'assaut presque chaque jour, redevenaient semblables à de petits enfants lorsqu'ils sentaient la mort rôder autour d'eux. Marie Curie le rassura d'une voix douce :

« Vous verrez, c'est comme une photographie. »

Elle fit signe à Irène et elles dévêtirent avec délicatesse le jeune homme qui avait refermé les yeux, épuisé.

Adossée à la cloison, Juliette observait, fascinée, les gestes précis des deux femmes. Le blessé gémit à peine lorsqu'elles le déplacèrent avec précaution. La radio du bassin prise, Irène s'isola dans le cabinet photographique pour la développer. Pendant ce temps, Marie palpait délicatement les jambes du soldat. Les sourcils froncés, elle ordonna :

« Juliette ! Nous allons réaliser une radio des membres inférieurs. Le gonflement au-dessus du genou est anormal. »

Comme une automate, Juliette répéta les gestes qu'elle avait observés les minutes précédentes. Lorsqu'elle eut fini, elle fut prise de tremblements. Marie eut pitié d'elle :

« Allez donc vérifier si le moteur tourne toujours correctement. L'ampoule s'éteint par intermittence. Juliette ? Vous avez été à la hauteur. Restez dans la voiture jusqu'à ce que je vous appelle. »

Juliette et Irène étaient allongées dans leur lit étroit. Les montants métalliques grinçaient à chacun de leur mouvement. Il était près de minuit et Marie leur avait ordonné de dormir quelques heures. Quant à elle, comme insensible à la fatigue, elle terminait les derniers rangements avant de les rejoindre. Juliette éteignit la lampe à pétrole. L'obscurité l'enveloppa comme une lourde couverture. Elle chuchota :

« Irène ? Le jeune soldat au bassin fracturé ? Il va s'en sortir, n'est-ce pas ?

— Il y a de fortes chances. Maman a eu une bonne intuition en radiographiant son genou. Un éclat d'obus s'y était logé et avait provoqué une forte infection. Le chirurgien a pu l'extraire et assainir la plaie. La fièvre est déjà moins forte et tout risque de septicémie semble écarté[1].

1. Cas réel, rapporté par Marie Curie dans son essai *La radiologie et la guerre*, publié en 1921.

— Comme je suis heureuse, si vous saviez ! Mon premier blessé… Et il était si jeune. Je n'aurais pas supporté qu'il meure. Dormez bien Irène, je… »

Irène sourit dans le noir. Juliette avait été emportée par le sommeil, assommée de fatigue. Quant à elle, plus résistante, elle attendait patiemment que sa mère rejoigne à son tour son lit pour s'abandonner dans les bras de Morphée. Enfin Marie Curie se laissa tomber sur le troisième lit qui occupait la pièce. Tout son être incarnait le découragement et elle confia à sa fille :

« Comment ne pas haïr l'idée même de guerre ? Il suffit de voir une fois ce que j'ai vu pendant ces derniers jours : des hommes et des garçons apportés jusqu'à l'ambulance, dans un mélange de boue et de sang, beaucoup mourant de leurs blessures et beaucoup d'autres se rétablissant, mais lentement et péniblement, après des mois de souffrances[2]. »

Irène protesta :

« Allons, Mé ! Si tu perds espoir, qui le gardera ? Oui, ils sont nombreux à mourir… »

Et la voix d'Irène se brisa.

« Mais grâce au diagnostic que nous posons, beaucoup de ceux qui auraient dû mourir survivent ! Tu dois continuer à te battre pour eux, Mé ! »

---

2. D'après un témoignage de Marie Curie dans son essai *La radiologie et la guerre*, 1921.

« Juliette, voulez-vous déplacer légèrement la lampe vers la gauche ? C'est parfait, ne bougez plus ! Le point d'entrée de la balle est parfaitement visible. Voyez, docteur. »

La voix égale de Marie Curie avait un effet extraordinairement apaisant dans la petite salle d'opération, pourtant maculée du sang des innombrables blessés qui y transitaient.

Ce 11 mars 1915, l'hôpital de campagne était en état d'urgence. On venait d'y amener des blessés illustres : deux généraux qui, lors d'une inspection dans les tranchées, avaient été atteints par une balle ennemie.

Juliette, en s'efforçant de maîtriser le tremblement de ses mains, ajusta la source lumineuse sous la table d'examen radiologique, à l'emplacement de la tête du blessé. Celui-ci avait eu l'œil gauche arraché et sa mâchoire n'était plus qu'une bouillie sanglante. Juliette n'aurait jamais pu le reconnaître si elle n'avait intercepté le bref échange entre Marie Curie et le chirurgien lors de l'installation du blessé :

« Madame Curie, je vous prie de mener un examen particulièrement minutieux. Il s'agit du général Maunoury, le héros de la bataille de la Marne. Quelle malchance ! Il a mis l'œil à un créneau de tranchées alors que les tranchées allemandes n'étaient qu'à cinquante mètres des nôtres… »

D'un ton froid, Marie Curie avait interrompu le chirurgien :

« Mes examens sont toujours minutieux, docteur. Qu'il s'agisse d'un simple soldat ou d'un glorieux général. »

Puis, sans plus s'occuper du médecin déconfit, elle s'était rendue au chevet du blessé, suivie de Juliette abasourdie. Le général Maunoury ! Celui qui, en septembre 1914, avait sévèrement tancé Émile qui tardait à monter au front, tout à leurs retrouvailles !

Celui qui l'avait félicitée de son patriotisme, lorsqu'elle avait transporté plusieurs soldats sur le front de la Marne dans la voiture de son père ! Celui qui s'était déplacé au couvent des Oiseaux, quelques semaines plus tard, pour épingler la Croix de guerre sur son uniforme d'écolière !

Elle gardait en mémoire le fringant cavalier qui remontait au galop la colonne de soldats, et voici qu'il gisait inconscient sur la table d'examen, dans un état plus que critique.

Aussi concentrées que de coutume, Marie et Irène Curie s'affairaient avec efficacité et, muni d'une radiographie précise, le chirurgien put commencer la délicate opération d'extraction du projectile.

Irène et Juliette, après avoir passé plusieurs heures à réconforter les soldats blessés dans la salle principale de l'hôpital, éprouvèrent le besoin de prendre un temps de repos. La nuit tombait, et elles ajustèrent leur pèlerine de laine épaisse sur leurs épaules.

« Vous semblez bouleversée, Juliette. Ces quelques mois ne vous ont pas endurcie ? Ce n'est pas la première blessure que vous voyez, pourtant. Même si celle-ci était particulièrement horrible. En admettant qu'il survive, il sera certainement défiguré et aveugle. »

Juliette frissonna :

« C'est atroce ! Je crois que je ne m'habituerai jamais à tant de souffrances, Irène. Mais je pense… Je pense que je suis particulièrement fatiguée ce soir. »

Juliette se mordit les lèvres. Elle avait failli révéler à son amie les circonstances de sa rencontre avec le général blessé. Elle se maudit de ne pas lui faire confiance. Comment Irène prendrait-elle le fait que Juliette avait intégré l'équipe des manipulatrices en radiologie principalement pour retrouver la trace d'Émile ? Pourtant, elle brûlait d'envie de se confier, de déverser ce secret si lourd au creux d'une oreille compatissante.

D'un pas las, elle se dirigea vers la porte de l'hôpital. Une voiture officielle bloquait l'entrée. Maurice Rabot, le sergent qui les avait accueillies quelques mois plus tôt, clopina à leur rencontre, aussi rapidement que sa jambe blessée le lui permettait.

« Mesdemoiselles ! Savez-vous que le président de la République en personne est au chevet du général ? Celui-ci ne donne plus signe de vie, mais il va être décoré pour sa bravoure. »

Tous les blessés qui en avaient la force s'étaient redressés sur leurs coudes et leurs regards convergeaient vers le fond de la grande salle.

Le général Maunoury y avait été déposé dans un lit dans un angle reculé, derrière de grands draps blancs, afin de le protéger de l'agitation. Ceux-ci étaient cependant à demi ouverts, et Juliette aperçut le président Raymond Poincaré épingler la médaille militaire au-dessus de son lit[3]. Elle ressentit une vive émotion à la pensée que le vieux général risquait de ne plus jamais ouvrir les yeux sur la beauté du monde… Machinalement, elle posa la main sur sa propre médaille qu'elle avait discrètement épinglée sous son uniforme afin d'éviter les questions indiscrètes. Lorsque Marie Curie l'avait acceptée au sein de ses équipes, elle avait éprouvé le besoin de la porter, comme pour se convaincre qu'elle était aussi une combattante, à sa manière. Elle eut une pensée fugace pour sa mère, qui aurait tellement souhaité qu'elle arbore sa décoration avec fierté, tel un héros de guerre ! Sa mère… Toutes deux s'affrontaient sur la plupart des sujets avec une désespérante régularité. Pourtant, Juliette aurait donné cher pour se blottir un instant contre elle, comme l'enfant qu'elle n'était plus et qu'elle aspirait parfois à redevenir.

3. Les événements sont véridiques, seuls les lieux ont été modifiés pour permettre au général de croiser de nouveau la route de Juliette…

Chapitre 11

Dans le soir teinté de sanglante lune
Le canon s'est tu sur le front d'Artois
Les étoiles d'or pointant une à une
Font rêver les gars aux soirs d'autrefois.
Chacun dort d'un sommeil de bête
Après le corps à corps vainqueur...
Dormir, pour eux, c'est une fête !
Mais surtout, veille bien, guetteur
En faisant sa voix plus chantante
La brise souffle, caressante.

C'est la tranchée aux étoiles...
Voici des rêves heureux
Que l'ange des nuits sans voiles
Apporte aux valeureux
Dans l'oubli de la tourmente.
Repose d'un cœur joyeux
Soldat, pour toi, tout chante
Ferme tes yeux !...
Un rossignol chante... un sergent l'écoute
En songeant : Demain, ce sera l'assaut !

En reviendrons-nous ? Bah ! coûte que coûte
La France avant tout, tout pour le drapeau !...
Sa main étreint en la nuit blême
Un médaillon qu'il baise encor...
Porte-bonheur de ceux qu'il aime...
Puis tranquillement, il s'endort...
Alors, ô berceuse charmante
Une petite voix lui chante :

C'est la tranchée aux étoiles...
Voici des rêves heureux
Que l'ange des nuits sans voiles
Apporte aux valeureux...
Dans l'oubli de la tuerie
Fais dodo d'un cœur joyeux...
Papa, pour toi je prie...
Ferme tes yeux !...
Un rêve enchanteur éclaire son âme...
Il voit son logis rempli de bonheur
Voici les doux yeux de sa chère femme
Et sa fille, enfin ! qu'il tient sur son cœur !...
Dans tes yeux une larme coule
Soldat, à ce doux souvenir...
Mais va, demain après la houle
Tu verras briller l'avenir...
Écoute, au lointain, confiante
La victoire en marche qui chante :

C'est la tranchée aux étoiles…
Voici des rêves heureux
Que l'ange des nuits sans voiles
Apporte aux valeureux…
C'est la fin de la tourmente
Repose d'un cœur joyeux…
Français, le bonheur chante !…
Ferme tes yeux…

En ce début d'avril froid et sec, Juliette et Irène chantaient à pleine voix sur la petite route de campagne qui les menait à Verdun. Elles avaient obtenu de Marie Curie deux jours de permission, ou plutôt l'autorisation de s'éloigner des gémissements et des cris de douleur qui peuplaient leur quotidien et hantaient leurs nuits. La physicienne, consciente de l'épuisement à la fois physique et moral des deux jeunes filles, leur avait confié la mission d'approvisionner l'hôpital, dont les réserves s'épuisaient, en médicaments, bandages et jerricans d'essence. Juliette inspirait bruyamment l'air glacé. Après deux mois de retenue, de gravité, bref, après deux mois à se conduire en adulte, elle se sentait prête à exploser. Elle poussait la voiture à 70 kilomètres à l'heure et Irène serrait discrètement la poignée de la portière lorsque le véhicule tressautait violemment sur la chaussée irrégulière.

« Freinez, Juliette, la voiture se déporte ! »

L'ornière largement creusée par les intempéries avait fait éclater le pneu avant droit et l'automobile avait quitté le chemin de terre pour poursuivre sa course dans le champ. Heureusement, les températures hivernales avaient maintenu la terre gelée et le véhicule ne s'embourba pas. Un peu secouée, Juliette sauta du marchepied pour évaluer les dégâts. Le pneu était hors d'usage, mais elle avait appris à en changer lors des cours de mécanique dispensés à tous les chauffeurs des voitures radiologiques. Avec un soupir, elle résuma brièvement la situation à sa compagne et entreprit de réparer la crevaison. La tâche était longue et fastidieuse, et les jeunes filles, qui avaient retiré leurs gants, soufflaient régulièrement sur leurs doigts gelés.

« Eh ben, mes p'tites demoiselles ? Qu'est-ce qu'il lui arrive, à votre carriole ? »

Absorbées par leur tâche, aucune des deux n'avait pris garde au vieux paysan qui les observait avec curiosité :

« C'est pas un travail de dame, ça ! Laissez-moi donc vous aider ! J'y connais pas grand-chose, dans ces machines modernes, mais j'ai encore de la force ! »

Un quart d'heure plus tard, le fermier avait attelé sa jument famélique à la voiture et celle-ci avait retrouvé le chemin qu'elle avait brutalement quitté.

« Vous allez réussir à la redémarrer ? »

Juliette invoqua mentalement le dieu des mécaniciens et tourna la manivelle avec vigueur. Après deux essais infructueux, le ronronnement rassurant du moteur s'éleva dans l'air glacé. Elle rit de soulagement :

« Comment vous remercier, mon brave homme ? Nous devons regagner l'hôpital demain soir et, sans vous, je doute que cela eût été possible !

— Bah, vous avez occupé ma journée ! Un pauvre vieux comme moi, solitaire depuis des mois. »

Il tendit le bras vers une bâtisse au toit blanchi par le givre :

« La ferme est là-bas, à 500 mètres. Si votre machine veut bien vous y conduire, je vais vous offrir un grand bol de café au lait brûlant. »

Après un échange de regard, Juliette et Irène invitèrent le vieux paysan à monter à l'arrière du véhicule pour regagner la ferme, mais celui-ci refusa d'un air méfiant. Il prit les devants, suivi par les jeunes filles heureuses de se réchauffer avant de reprendre la route.

Le vieil homme tendit une boîte émaillée de carreaux rouges et blancs à Juliette, puis à Irène, qui refusèrent poliment. Elles ne voulaient pas entamer les maigres réserves de sucre de leur hôte généreux. Blotties devant la cheminée de la grande salle, elles se laissaient envahir par une torpeur bienfaisante, tandis que l'homme bavardait sans se lasser, comme pour rattraper des journées de solitude.

« Infirmières, si jeunes ! Vous avez dû en voir des vertes et des pas mûres... Tiens, p'têt ben que vous avez croisé mon fiston... Mon pov' Antonin mort à la bataille de la Marne. »

Le vieux paysan se leva et saisit le cadre ovale posé sur la commode vermoulue :

« Regardez, mes jeunes dames ! C'est-y pas une misère que d'envoyer la jeunesse de France se faire crever la peau ? C'est comme ce brave gars que j'ai ramassé l'autre mois. Y tenait à peine debout. Y venait direct des premières lignes, pour sûr. Terrifié. Il sautait de sa chaise au moindre bruit. Il est parti comme il est venu, ce pauvre Émile…

— Émile ? »

Juliette sortit brutalement du demi-sommeil dans lequel l'avait plongée la chaleur des flammes. Elle se pencha sur le paysan éberlué et répéta :

« Émile ? Vous avez accueilli un soldat qui s'appelait Émile ?

— Juliette ! Que t'arrive-t-il ? »

Irène, inquiète, se demandait si les nerfs de sa jeune compagne n'étaient pas en train de lâcher. Juliette chancelait et s'était laissée tomber sur les dalles disjointes devant le foyer. Elle supplia, les yeux fixés sur le fermier :

« Que vous a-t-il dit ? À quoi ressemble-t-il ? »

Trop heureux de susciter un regain d'intérêt chez ses jeunes invitées, leur hôte entreprit le récit de sa rencontre avec le jeune soldat. Soudain, il se leva :

« Attendez donc ! Ma pôv' mémoire me joue des tours… J'ai complètement oublié son nom, et pourtant, on a regardé ensemble ses papiers d'identité. Je pensais que ça l'aiderait à se souvenir de son passé, ce malheureux. Quand il est parti sans rien dire, une nuit, j'étais tellement bouleversé que j'ai rien touché dans la chambre. Peut-être que son portefeuille, il est resté quelque part. Foi de père Blaise, on va bien voir ! »

Bouillant d'impatience, Juliette pénétra dans la chambre à la suite du paysan. Un étroit lit en bois, aux draps défaits, occupait une bonne partie de la pièce de taille modeste. Les doigts malhabiles du père Blaise ouvrirent successivement les portes d'une robuste armoire. Avec lenteur, les larmes perlant au coin de ses paupières, il souleva quelques vêtements soigneusement pliés et, le cœur serré, Irène devina qu'il s'agissait de ceux de son fils Antonin. Pendant ce temps, comme insensible à cette douleur muette, Juliette, prise de frénésie, retournait le lit, fourrait ses mains dans la taie d'oreiller, soulevait le matelas, sans succès.

L'air désolé, le paysan secoua la tête :

« Il a tout emporté, le malheureux ! Oh, il avait pas grand-chose sur lui. Son uniforme qu'on a brûlé, tellement il était en lambeaux. Sa plaque de métal et son portefeuille. Avec une photo de sa fiancée. Il s'appelait Émile… Ah, ma pov' tête ! Émile comment, déjà ? »

Tandis que le père Blaise fouillait désespérément dans le moindre recoin de sa mémoire, Juliette s'était jetée à plat ventre et palpait de la main les moutons de poussière qui tapissaient le sol sous l'armoire. Après quelques minutes de recherche infructueuse, elle en retira un ruban froissé, terni, grisé, mais qu'elle reconnut immédiatement.

« Ce ruban ivoire… Je le reconnais ! Je le savais, je l'ai toujours su. Il est vivant ! Oh merci mon Dieu ! »

Irène, sceptique, s'approcha de son amie. L'exaltation que celle-ci manifestait l'effrayait. Juliette était-elle en proie à une crise d'hystérie ? Après toutes les atrocités dont elle avait été témoin à l'hôpital, ce ne serait pas étonnant. La résistance d'une jeune fille de quinze ans avait des limites… Même elle, la fille de Marie Curie, de deux ans plus âgée et plus aguerrie, s'échappait souvent, le soir, pour se vider de ses larmes et tenter d'effacer les images de soldats se tordant de douleur sur les brancards ensanglantés.

« Voyons Juliette... »

En bonne scientifique, Irène s'efforçait de démontrer à Juliette l'absurdité de sa « preuve ».

« Des dizaines de milliers de jeunes filles portent des rubans en soie dans les cheveux. Comment pouvez-vous affirmer avec certitude qu'il s'agit du vôtre ? Et d'ailleurs, je serais bien incapable d'en préciser la couleur, il est couvert de poussière, de taches de sang… de boue. »

La jeune fille avait doucement pris le morceau de tissu des mains de sa compagne et le scrutait avec attention. De l'ongle, elle fit sauter un morceau de boue séchée et la couleur originelle, un blanc ivoirien, apparut. Juliette l'arracha vivement des mains d'Irène et se tourna vers le père Blaise, qui était resté silencieux pendant l'échange entre les deux amies :

« Puis-je utiliser l'eau de votre bouilloire, père Blaise ? »

Sans attendre la réponse, Juliette se rua dans la pièce principale. Comme elle l'avait vu faire par Honorine chez ses parents les jours de lessive, elle préleva une poignée de cendres sur laquelle elle versa un peu d'eau bouillante. En prenant garde de ne pas se brûler, elle frotta délicatement le ruban avec cette mixture, puis le rinça plusieurs fois à l'eau claire. Les taches n'avaient pas toutes disparu à la suite de ce lavage sommaire, mais on distinguait nettement, de part et d'autre de la bande de soie beige pâle, un liseré de dentelle fine. Triomphante, Juliette posa le tissu dégoulinant sur le dossier d'une chaise et expliqua :

« Observez mieux. Ce n'est pas un ruban pour cheveux, tel que l'on peut en acheter dans les rayons des grands magasins. Je me souviens parfaitement avoir accompagné Maman à *La Samaritaine.* Elle cherchait des galons beiges pour poser sur les accoudoirs des fauteuils du salon. Elle avait insisté pour que je vienne avec elle, car elle estimait qu'une jeune fille de mon âge devait commencer à s'intéresser à la décoration de son intérieur. Bref! Elle voulait faire mon éducation de future maîtresse de maison. Inutile de vous dire que j'y suis allée en traînant un peu des pieds… Mais lorsque la vendeuse a déposé devant nous les rouleaux de passementerie, j'ai trouvé cette teinte ivoire ravissante et j'ai supplié Maman d'en acheter pour mes rubans à cheveux. Je m'en souviens très bien. Elle a levé les yeux au ciel en soupirant : "Enfin, Juliette, cette soie est trop rigide, ce n'est absolument pas adapté pour la coiffure. Et les jeunes filles aux cheveux châtains portent du rose!" J'ai tellement insisté que j'ai finalement obtenu gain de cause. »

Juliette se tut, perdue dans ses pensées.

« Elle avait raison, ma petite maman. La soie était trop raide pour discipliner mes boucles. Je n'ai pas cessé de les perdre, ces rubans. Émile, qui a passé une bonne partie de l'été chez nous, l'avait évoqué dans une de ses lettres. »

Juliette ferma les yeux et les mots de son ami défilèrent derrière ses paupières fermées :

Pour ma part, un petit ruban échappé de tes cheveux après notre dernière partie de tennis à Verdun me tient bien souvent compagnie.

Juliette se tourna vivement vers le père Blaise. L'air perplexe de celui-ci témoignait que ces histoires de tissu le dépassaient complètement.

« Verdier. Il s'appelle Émile Verdier. Faites un effort, je vous en supplie, père Blaise. Est-ce le nom que vous avez lu sur ses papiers militaires ? »

Le vieil homme se gratta la gorge et tirailla nerveusement ses cheveux gris, comme pour intimer à sa mémoire l'ordre de se réveiller.

« Ma foi, mademoiselle… Je peux pas vous l'assurer. C'était un nom qui sonnait comme vous avez dit, en tout cas. Vous comprenez, je l'ai lu une seule fois, il y a plus d'un mois. L'Émile, vous comprenez, c'était l'Émile. Je l'appelais que comme ça. »

Irène caressa pensivement l'étroite bande de tissu gorgée d'eau. Les explications de son amie l'avaient profondément ébranlée et elle comprenait que le passage d'Émile dans cette ferme était une hypothèse de plus en plus vraisemblable.

« Votre raisonnement se tient, Juliette. Mais je pense que vous me devez une explication. Qui est cet Émile qui semble si important pour vous ? »

La voix ferme et tranquille d'Irène fit sortir Juliette de la béatitude dans laquelle elle s'était enfermée après son incroyable découverte. Les filles avaient remercié le vieux paysan avec effusion, promis de revenir lors de leur prochaine permission et repris la route. Une fois seules, un silence pesant s'installa entre elles. Irène gardait son visage obstinément tourné vers le paysage qui défilait à vive allure. Elle semblait en proie à une intense réflexion et un pli vertical creusait son front lisse. Juliette lui jeta un coup d'œil rapide. Elle comprenait si bien les pensées qui troublaient son amie. Elle étendit le bras pour lui enserrer furtivement l'épaule :

« Irène, ne croyez pas que je me sois servie de votre mère…

— Je ne peux que constater que c'est en partie le cas, Juliette. Pourquoi nous avoir caché certaines de vos motivations ?

— Je craignais que votre mère ne juge mon entreprise complètement folle. Elle était ma seule chance. Quand j'ai appris que nous partions à Verdun, non loin du champ de bataille où Émile a disparu, j'ai eu la certitude que ce ne pouvait être une simple coïncidence, mais un signe de la Providence. Émile est plus qu'un frère pour moi, Irène. Il a cinq ans de plus que moi, mais nous nous retrouvions pour les vacances tous les étés dans cette campagne de la Meuse, aujourd'hui ravagée par les combats ! »

Juliette inspira profondément avant de poursuivre :

« Lorsque son meilleur ami, Charles, m'a appris sa disparition, je n'ai pas accepté qu'il puisse mourir. Je me suis promis que tant que l'on ne me montrerait pas sa tombe, avec son nom gravé dans la pierre ou sur une croix, je le croirais vivant. Quelle autre solution s'offrait à moi, Irène ? Comment se retrouver au plus proche du front, pour une femme, sinon en tant qu'infirmière ou conductrice ? Lorsque j'ai appris que votre mère cherchait des volontaires, je me suis présentée. Et je peux vous promettre que, même si mon souhait secret était de partir à la recherche d'Émile, j'ai toujours eu la volonté de secourir les blessés du mieux que je le pouvais. Vous me croyez, n'est-ce pas, Irène ? Je ne supporterais pas de perdre votre estime et votre amitié ! »

Irène se tut, profondément touchée par les confidences de son amie. Au bout d'un moment, elle posa sa main sur le bras de Juliette et prononça ces mots hésitants :

« Juliette... Il est quasi miraculeux que vous ayez retrouvé sa trace, je vous l'accorde. Mais... Vous êtes bien consciente qu'il s'est enfui et qu'il est gravement traumatisé, amnésique. Vos chances de le retrouver sont minces. Émile a quitté la ferme il y a un mois. Quelles sont les issues possibles ? Il a peut-être réintégré une unité de combat... Ou alors il a été expédié dans un asile psychiatrique à l'arrière. Excusez-moi, Juliette, je me dois d'être réaliste pour que vous ne viviez pas de faux espoirs. »

Elle ajouta, avec une brutalité calculée :

« Il est peut-être mort de froid et de faim en errant dans les bois environnants. »

Irène se tut, mais la réaction vive qu'elle redoutait ne vint pas. Juliette roulait désormais avec prudence et se dirigeait vers Verdun, où les jeunes filles devaient charger le véhicule de jerricans d'essence et de médicaments. Irène avait obtenu de Marie Curie l'autorisation de passer la nuit dans la propriété familiale de Juliette, à une dizaine de kilomètres de la ville et suffisamment à l'écart de la ligne de front.

Marie Curie, qui avait promis aux parents de Juliette de veiller sur elle comme sur sa propre fille, avait été rassurée lorsque la jeune fille lui avait appris la présence du vieux couple de gardiens qui entretenait le domaine en l'absence de la famille.

À la nuit tombée, les filles s'arrêtèrent devant les hautes grilles des Marsay. À droite, un peu à l'écart de la longue allée qui menait à la maison de maître, deux rectangles luisaient faiblement sur la façade de la modeste demeure des gardiens. On apercevait en ombre chinoise le couple attablé. Juliette entra doucement et se laissa envahir par l'atmosphère des temps heureux. Quand la vieille Marcelle eut fini de la palper sous toutes les coutures pour s'assurer qu'elle était bien réelle, lorsqu'elle-même eut achevé de répondre aux questions que lui posait le fidèle Arsène sur le sort de sa famille, quand elle et Irène eurent avalé la soupe réconfortante, enfin, les deux jeunes filles purent se retrouver, seules, dans la grande maison.

Intimidées, elles se figèrent, un court instant, sur le seuil du grand salon auquel les meubles recouverts de draps blancs donnaient une allure fantomatique. Puis Juliette bâilla bruyamment, au mépris de toutes les règles de bienséance.

« Irène, toutes ces émotions m'ont épuisée ! Vous pouvez vous installer dans la chambre verte. Arsène vient d'allumer un bon feu dans la cheminée. Demain, si vous le souhaitez, nous pourrons faire une promenade à cheval dans la propriété. J'ai hâte de retrouver ma fougueuse Sultane…

— Sultane ?

— La jument que je monte depuis mon enfance. Bonne nuit Irène ! »

Chapitre 12

Malgré son intense fatigue, Juliette se tournait entre ses draps sans parvenir à trouver le sommeil. Comme sur une lanterne magique, les images de cette journée défilaient en boucle : l'accident, la rencontre providentielle avec le père Blaise, l'espoir insensé que la découverte de son ruban avait fait naître en son cœur, l'accueil chaleureux des vieux serviteurs de ses parents…

« Et flûte ! Je ne pourrai pas dormir, de toute façon. Je vais rendre visite à Sultane, impossible d'attendre demain. »

D'un coup de pied énergique, Juliette rejeta le lourd édredon et s'habilla chaudement. La lune était pleine dans un ciel sans nuage, et ses rayons éclairaient distinctement le chemin qui menait aux écuries.

« Là, Là… Belle fille, Sultane ! Si tu savais combien nos promenades m'ont manqué ! Tu n'as plus beaucoup de compagnie, dis-moi ! »

Tout en parlant et en flattant l'encolure de la jument, Juliette observa les stalles autour d'elle, vides pour la plupart. Elle avait appris que son père avait envoyé ses chevaux au front et n'osait imaginer leur sort. Un peu honteuse, elle s'en voulut aussitôt de s'inquiéter du sort des animaux alors que des milliers de jeunes gens croupissaient dans le froid et la boue des tranchées, dans l'angoisse du prochain assaut.

La jument piaffait et se balançait d'un mur à l'autre. Elle semblait bien nourrie et Arsène avait appris à Juliette qu'il l'utilisait régulièrement pour l'entretien du domaine. Elle semblait avoir bien supporté son changement de statut, de cheval de selle à cheval de trait. Une idée folle jaillit dans le cerveau de Juliette qui chuchota :

« Pas de bruit, ma belle ! Laisse-moi simplement te passer une bride et nous allons faire une petite balade nocturne. »

Quelques instants plus tard, Juliette, à califourchon sur Sultane, franchissait les limites du domaine et s'enfonçait dans le bois qui séparait la propriété des Marsay de celle des Verdier. Les parents d'Émile, dès la déclaration de guerre, avaient entièrement fermé la maison, mais Juliette, qui y jouait depuis son plus jeune âge, connaissait la présence d'une petite porte branlante, située dans le mur à l'arrière du parc, et que les propriétaires ne fermaient jamais à clef. Elle descendit de sa monture pour la franchir puis enfourcha de nouveau Sultane. La jument émit un hennissement doux et ne fit montre d'aucune nervosité. Juliette inspira l'air froid à pleins poumons pour empêcher les larmes de jaillir. Chaque lieu faisait surgir un souvenir : la pièce d'eau, théâtre de gigantesques batailles lors des chaudes journées d'été, le grand hêtre dont les branches accueillantes abritaient une cabane construite par Émile… Elle attacha la bride de Sultane à une branche et entreprit l'escalade de l'arbre. Le cube de planches mal équarries était vide. Rien sur la petite étagère qu'Émile avait confectionnée pour sa collection de livres de voyage. Les coussins sur lesquels ils se vautraient pour discuter et refaire le monde avaient disparu, sans doute soigneusement rangés dans la maison principale. Du haut de son perchoir, Juliette se tourna vers la masse sombre de l'imposante bâtisse. Elle étouffa un cri. Une fenêtre du rez-de-chaussée s'était illuminée un bref instant avant de se fondre dans la pénombre.

« Le manque de sommeil te donne des hallucinations, ma pauvre fille ! Allez, il est temps de rentrer au bercail ! Ah ! »

La branche morte sur laquelle Juliette venait de poser le pied céda dans un craquement sec et tomba sur le dos de la jument attachée en dessous. Celle-ci se cabra et hennit violemment, tandis que Juliette, déstabilisée, tentait de retrouver des appuis plus solides.

« Tais-toi, Sultane ! Ça y est, j'y suis. N'aie pas peur, je te délivre ! »

Mais la jument tirait de plus belle sur la longe, comme si elle craignait qu'une nouvelle branche ne l'atteigne, et elle accompagnait ses efforts de hennissements affolés.

Enfin, Juliette se rétablit sur une branche plus basse et sauta à terre. De ses doigts tremblants, elle s'escrimait à dénouer les rênes, tout en évitant les sabots qui battaient l'air avec furie. Lorsqu'elle fut enfin parvenue à libérer et calmer sa monture, Juliette appuya son front contre le flanc chaud et palpitant. Elle se retourna pour mettre le pied à l'étrier et distingua alors une silhouette sombre qui descendait les quelques marches du perron et s'avançait dans sa direction, une lanterne tremblotante à la main. Elle n'avait donc pas rêvé, la maison était habitée et les Verdier avaient finalement laissé un gardien, contrairement à ce qu'ils avaient affirmé.

« Mince, je me suis mise dans de beaux draps ! J'espère que c'est le vieux Georges ! Sinon, je vais avoir du mal à justifier ma présence à cette heure indue... Avance, ma belle, et si ça tourne mal, au galop ! »

Une fois perchée sur Sultane, Juliette se sentit plus rassurée. Elle observa, intriguée, la silhouette qui s'était arrêtée au milieu de l'allée.

« Pas très courageux, pour un gardien... »

Elle éleva la voix :

« Georges, est-ce vous ? Je peux tout vous expliquer, vous savez. Je suis Juliette Marsay, la petite Juliette qui venait jouer chaque été, vous vous souvenez ? Je vais vous expliquer. Je... Georges, répondez-moi ! Ma parole, il fait un drôle de gardien. En avant, Sultane ! »

Juliette fit prendre le trot à sa monture. Le silence de l'homme l'effrayait. S'il s'agissait d'un cambrioleur, profitant du fait que la guerre avait vidé les maisons de ses occupants pour s'emparer des objets de valeur ?

Pourtant, l'homme ne semblait avoir aucune intention agressive. Il restait là, au milieu de l'allée, la lanterne à hauteur de poitrine, dans une attitude d'attente. Juliette se dirigea vers lui, intriguée. Comment avait-elle pu le confondre avec Georges, trapu et voûté ? L'homme était bien vêtu, comme un paysan, mais ses vêtements trop larges pour son corps maigre lui donnaient une allure d'épouvantail. Éblouie par la lueur qui émanait de la lampe, Juliette ne parvenait pas à distinguer les traits de son visage. Elle tira sur les rênes et Sultane s'arrêta à quelques pas de l'inconnu.

« Êtes-vous le gardien engagé par la famille Verdier ? Je n'aurais pas dû pénétrer dans la propriété. Je vous serais vraiment reconnaissante de ne pas révéler ma présence à vos patrons. »

Après quelques secondes de silence qui semblèrent durer une éternité à Juliette, l'homme leva les yeux vers la cavalière et dit d'une voix calme :

« Je ne dirai rien à personne, mademoiselle. Je n'ai pas plus de droits que vous d'être ici. J'ai besoin de me reposer quelque temps, comprenez-vous ? Ce lieu est tellement paisible… »

Un cri rauque vint démentir les paroles de l'homme. Il tressaillit devant le changement radical qui s'était opéré en la jeune fille. Celle-ci, les pupilles dilatées, le regardait comme on fixe une apparition. Incapable d'articuler un mot, elle le contemplait, la main tendue, tandis que Sultane, supportant de moins en moins d'être maintenue immobile dans le froid glacial, martelait avec nervosité le sol.

« Mademoiselle ? » L'homme semblait inquiet. « Vous n'allez pas bien ? Vous semblez troublée. Venez donc vous réchauffer à l'intérieur de la maison, je vous promets que vous êtes en sécurité ici. Je n'ai vu personne depuis des semaines. »

Juliette reprenait progressivement ses esprits. Tenant Sultane par la bride, elle vint se placer en face du jeune homme et lui prit la lanterne des mains. Dans la lumière jaune et tremblotante se dessina un visage creusé et mangé par une barbe brune.

« Émile ? Est-ce bien toi ? Tu as tellement changé en quelques mois…

— Émile ? »

Le regard du jeune homme se troubla.

« Vous êtes la deuxième personne qui m'appelle ainsi. L'autre, un brave paysan, m'a certainement sauvé la vie. Sans ses bons soins, j'aurais péri de froid et de faim… »

Juliette l'interrompit le plus délicatement possible. Elle devait se retenir pour ne pas serrer son ami dans les bras et crier son allégresse.

« Cet homme, c'est le père Blaise, n'est-ce pas Émile ?

— Comment le connaissez-vous ? »

Une lueur de défiance traversa le regard gris.

« Et comment connaissez-vous mon prénom ? »

Puis, honteux de sa vivacité et sa courtoisie naturelle reprenant le dessus, Émile se ressaisit :

« Excusez-moi, mademoiselle. Regardez, l'aube pointe. Permettez-moi de vous offrir un café bien chaud et nous essayerons de tirer tout cela au clair. »

« Ainsi le père Blaise avait raison! La guerre peut rayer de la mémoire d'un soldat tous les êtres qu'il a aimés. Pour Émile, je ne suis plus qu'une étrangère. »

Assise dans une bergère que son compagnon avait obligeamment approchée de la cheminée, Juliette remâchait d'amères pensées. Elle observait, le cœur serré, le cadre de vie improvisé du jeune soldat. Celui-ci, depuis plusieurs semaines, s'était installé dans la maison et vivait des réserves de conserves entreposées dans le cellier.

« Je ne sais pourquoi je vous raconte ma triste histoire, mademoiselle. Je sens au plus profond de moi-même que je peux vous faire confiance. Je vous livre donc ma vie comme un puzzle éclaté, auquel il manque de nombreuses pièces. J'étais soldat, et sans doute à l'issue d'une sortie contre l'ennemi, je me suis retrouvé, errant, marchant jusqu'à la grange du père Blaise qui m'a découvert et accueilli. D'après mes papiers militaires, je m'appelle Émile Verdier, mais ce nom n'éveille aucun écho en moi. Une nuit, j'ai eu peur, très peur, que le père Blaise ne me ramène au front, dans mon bataillon. Je me suis enfui, j'ai marché pendant des nuits, pour ne pas être repéré. Le jour, je dormais. Mes pas m'ont conduit vers cette maison inhabitée. J'ai escaladé le mur d'enceinte. »

Émile marqua une pause, les yeux perdus dans le vague :

« Cet immense parc… Ces arbres centenaires. Une paix profonde est descendue en moi, comme je n'en avais pas connu depuis longtemps. J'ai découvert une cabane en haut d'un chêne. Je m'y suis senti comme dans un cocon. J'y ai passé ma première nuit. Puis la faim m'a tenaillé… le froid aussi. »

Le jeune homme hésita et balaya du regard la cuisine accueillante. Juliette, le cœur serré, poursuivit doucement :

« Alors, tu as cassé un carreau et tu t'es installé ici. Dans la maison de tes parents. Émile, veux-tu me suivre ? Veux-tu que je t'explique pourquoi tu t'y sens tellement à ta place ? »

Sans attendre la réponse du garçon, Juliette se leva et lui tendit simplement la main. Après une hésitation, Émile referma la sienne sur celle de la jeune fille qui l'entraîna d'un pas vif vers l'escalier qui menait aux étages.

« Ne faites pas cela, mademoiselle ! J'ai conscience d'être un intrus et je m'efforce de déranger le moins possible les lieux. Voyez, je dors par terre, devant la cheminée, et si un jour je dois partir, je veux que les propriétaires ne puissent déceler mon passage. »

Sourde aux protestations du jeune homme, Juliette lui fit gravir les marches et franchir le seuil d'une vaste chambre, meublée avec sobriété : un grand lit bateau occupait un coin, à la droite de la fenêtre. À l'opposé, une bibliothèque croulait sous les ouvrages. Les murs étaient nus, à l'exception d'un immense planisphère sur lequel quelques lieux étaient marqués d'un minuscule drapeau tricolore. Comme hypnotisé, Émile s'approcha de la carte et d'un doigt hésitant, effleura les frontières, le cours des fleuves. Juliette s'était mise en retrait. Retenant son souffle, elle attendait, elle espérait… Comment son ami ne pourrait-il pas reconnaître cette chambre au sein de laquelle ses rêves les plus secrets avaient surgi, ses ambitions d'explorateur étaient nées ? Mais Émile laissa retomber sa main et tourna un visage désorienté vers la jeune fille. Celle-ci, masquant sa déception du mieux qu'elle le put, ordonna :

« Choisis un livre dans la bibliothèque et fais-m'en la lecture. »

Docilement, Émile s'empara d'un imposant volume et l'ouvrit à la page de garde. Penchée sur son épaule, Juliette souligna de l'ongle le nom et la dédicace qui se détachaient à l'encre violette, au-dessus du titre : *À la conquête du pôle Sud*, de Roald Amundsen :

À Émile,

Que tes rêves d'aventures ne t'empêchent pas de garder les pieds sur terre !

Avec toute l'affection de tes parents,
Noël 1912.

« Comprends-tu enfin où je voulais en venir, Émile ? Nous voici dans ta chambre, dans la maison de tes parents, là où tu as passé toutes tes vacances. Tu n'as rien d'un usurpateur ! Ta mémoire te fait défaut sur certains points, mais tu as instinctivement retrouvé le chemin de ce lieu qui abrite tes souvenirs heureux. N'est-ce pas merveilleux, mon cher Émile ? »

Profondément ébranlé, le jeune homme ne détachait pas les yeux de l'affectueuse dédicace qui ornait le livre. Puis dans un geste de lassitude et de colère, il le laissa choir sur le parquet ciré en secouant la tête.

« Je veux bien vous croire, mademoiselle, mais qu'est-ce que cela change ? Je n'ai aucun souvenir de ces temps heureux. Ma mémoire est comme neuve. Elle n'a engrangé que les événements récents. Avant mon passage dans la ferme du père Blaise, je ne me souviens vraiment de rien.

— Cela reviendra, Émile. Il faut seulement être patient et trouver les bons médecins pour te soigner. En attendant, tu ne peux rester tout seul ici, dans le froid, à te nourrir de quelques conserves. Tu es maigre à faire peur ! Nous allons te ramener à Paris, auprès de tes parents. Et fais-moi plaisir : cesse de me vouvoyer et de m'appeler mademoiselle ! »

Sultane, un peu étonnée de son double fardeau, parcourut d'un pas paisible l'allée qui conduisait aux écuries. À l'avant de la selle, Juliette se laissait aller contre Émile qui menait avec dextérité la jument. L'amnésie n'avait eu aucun effet sur ses talents de cavalier. La jeune fille, une fois passée l'exaltation de leurs retrouvailles, mesurait tout le tragique de la situation. Et si Émile ne retrouvait aucun souvenir d'autrefois? Comment supporterait-elle que son meilleur ami la considère comme une parfaite inconnue? L'amnésie terrifiait Juliette. C'était un ennemi sournois et silencieux, contre lequel l'action de l'entourage ne pouvait pas grand-chose. Elle avait naïvement cru que le choc de sa présence déchirerait le voile noir qui recouvrait la mémoire du jeune homme. Il n'en était rien. Il allait désormais falloir s'en remettre à des médecins et s'exhorter à la patience. La patience! S'il y avait bien une qualité qui échappait à Juliette, c'était celle-ci.

« Juliette! J'étais morte d'inquiétude. Qui ramenez-vous donc? »

Plongée dans ses pensées, la jeune fille sursauta à la vue d'Irène, qui avait fait irruption dans la stalle où les deux jeunes gens venaient d'enfermer Sultane. La jeune physicienne avait jeté sur sa chemise de nuit sa pèlerine de laine bleue et des mèches folles s'échappaient de ses tresses. Elle respirait d'une manière saccadée et Juliette saisit à cet instant à quel point Irène s'était attachée à elle.

« Je suis responsable de vous, Juliette! Comment aurais-je pu annoncer à ma mère votre disparition? Et ce jeune homme… »

Irène le toisa longuement avant d'ajouter :

« Je suppose qu'il s'agit d'Émile?

— Vous me connaissez également, mademoiselle ? »

Émile semblait se résigner à cette situation insolite, et presque s'en amuser :

« Nous avons sans doute joué au tennis ensemble ou canoté sur la Meuse ? J'ai honte de vous avouer que je n'en garde aucun souvenir…

— Nous nous rencontrons pour la première fois, monsieur. Je m'appelle Irène Curie et je suis infirmière dans le même hôpital que votre amie Juliette. »

Une lueur d'intérêt brilla dans les yeux gris du soldat :

« Curie ? Auriez-vous un lien de parenté avec Marie Curie ?

— C'est ma mère, admit Irène avec simplicité tandis que Juliette, à nouveau pleine d'espoir, s'exclama :

— Tu te souviens du nom de Marie Curie, alors que tu ne l'as jamais rencontrée ? Oh, mon cher Émile, n'est-ce pas merveilleux ? »

Deux rides se dessinèrent sur le front d'Émile. Il semblait perplexe :

« J'ai dû étudier la physique dans mon ancienne vie, peut-être ? Je crois me souvenir avoir lu des articles sur votre mère, mademoiselle.

— Tu étudies le droit, Émile, mais qu'importe !

— Ah ! Et je vais donc devenir avocat ? Ou notaire ?

— Si tu embrassais l'une de ces professions, tu ferais le bonheur de tes parents, mon cher ami. Mais tu détestes le droit. Ton rêve secret est d'étudier la géographie et de devenir explorateur. Tous ces récits que tu me lisais… Amundsen et son expédition au pôle

Sud... Stanley et la découverte des sources du Nil... La disparition de La Pérouse dans le Pacifique lors de son tour du monde... Toutes leurs aventures ont bercé notre enfance. Nous montions dans ta cabane secrète, perchée dans le grand hêtre et tu me décrivais leurs aventures. Tu disais : "Tu vois, Juliette, je rêve moi aussi de découvrir un territoire inconnu ! Mais au vingtième siècle, toute la terre a été parcourue, cartographiée. Je suis né trop tard." »

Tout en préparant du café pour réchauffer ses compagnons transis, Irène les observait du coin de l'œil. Émile avait étendu ses longues jambes maigres et s'appuyait lourdement contre le dossier de sa chaise. Juliette, les yeux brillants, les coudes posés sur la table de la cuisine, égrenait d'une voix nerveuse leurs souvenirs d'enfance en espérant éveiller un souvenir dans la mémoire d'Émile, mais celui-ci souriait doucement de l'exaltation de la jeune fille, sans manifester d'émotion particulière. Déçue, Juliette reprit son souffle et entoura des deux mains le bol brûlant qu'Irène venait de déposer devant elle. Un silence envahit la pièce, un silence lourd des interrogations des jeunes gens. Enfin, Irène sortit ses compagnons de leur torpeur en affirmant calmement :

« La solution la plus sensée me semble être celle-ci : Émile, si vous permettez que je vous appelle par votre prénom... »

Et, sur un signe de tête affirmatif du jeune homme, elle poursuivit :

« Émile, nous allons vous ramener à l'arrière, à l'hôpital. Là, des médecins compétents vous examineront, concluront sans doute que votre amnésie est traumatique, et vous serez renvoyé chez vos parents. De bons soins vous aideront certainement à retrouver la mémoire...

— Irène a raison, renchérit Juliette. Émile, tu ne peux demeurer ici, même si tu y es chez toi. Tu n'étais déjà pas gros avant la guerre, mais tu n'es plus que l'ombre de toi-même ! Nous te ramenons avec nous. Madame Curie saura user de son influence pour que tu sois confié aux meilleurs spécialistes. »

Un peu perdu, Émile leva les yeux vers le visage déterminé des deux jeunes filles. Il se sentait incapable de prendre une décision. Qu'adviendrait-il si on décidait de le renvoyer au front ? À peine cette pensée avait-elle traversé son esprit qu'il fut parcouru de frissons. Des images plus terrifiantes les unes que les autres se bousculaient dans son cerveau. La boue... Les rats... Les hurlements des hommes sortant de la tranchée... Les cratères creusés par les obus et remplis d'eau croupie et de corps en semi-décomposition. Il inspira brusquement et longuement, sous l'œil interloqué d'Irène et de Juliette. Ces quelques semaines de solitude avaient été bénéfiques, mais il n'avait pas réussi à dompter complètement les crises de panique qui s'emparaient de lui avec régularité depuis son séjour chez le père Blaise. Pendant de longues minutes, il resta prostré, la tête entre ses mains tremblantes. Irène avait entouré de ses bras Juliette, prête à se précipiter vers lui. Les jeunes filles débarrassèrent délicatement les reliefs de leur petit-déjeuner et entreprirent de laver les bols. Irène chantonnait doucement, bouche fermée, tout en surveillant Émile du coin de l'œil. Progressivement, la respiration du soldat reprit un rythme régulier. Prenant appui sur la table de toute la force de ses bras décharnés, il se leva brusquement :

« Je vous suis. »

Chapitre 13

« Quelle agitation ! On dirait qu'un régiment entier vient de débarquer à l'hôpital. Arrêtez-vous, Juliette. Je crains que nous ne soyons submergées par les blessés. »

Le cœur serré, Juliette laissa descendre Irène qui se dirigea d'un pas vif vers l'entrée du vaste bâtiment. Émile, teint blême et narines pincées, avait fermé les yeux. Rapidement, la jeune fille rangea l'automobile à l'arrière de l'hôpital devant ce qui faisait office de pharmacie. En silence, les deux jeunes gens y disposèrent les caisses de médicaments qu'ils avaient transportées depuis Verdun. Cette tâche machinale et physique apaisa le soldat, qui prenait une certaine satisfaction à observer la pile s'élever. Puis il sortit, s'adossa au mur et roula une cigarette qu'il fuma pensivement :

« Le tabac du père Blaise, ce brave homme… J'ai honte, Juliette. Je suis parti comme un voleur, sous l'effet d'un accès de panique. Sans même lui dire au revoir. Je crois que je remplaçais un peu son fils, mort dans les premiers mois de la guerre. C'est comme si je lui faisais revivre cette perte… Un double deuil, en quelque sorte. »

Juliette frissonna et serra plus étroitement sur ses épaules la lourde cape de laine humide. Elle savait gré à Irène de lui laisser du temps avec Émile, alors que l'afflux de blessés rendait sa présence indispensable à l'intérieur. Elle se sentait sans forces pour affronter les gémissements des blessés, le sang, le ton calme et égal de Marie Curie. C'était peut-être cela, le plus dur. Se contenir, être toujours à la hauteur de ce que l'on attendait d'elle. Mais maintenant, la mission qu'elle s'était fixée était remplie. Un premier miracle s'était produit : elle avait retrouvé Émile et cela lui donnait tous les courages, même si Émile n'était plus que l'ombre de lui-même et du jeune homme qu'elle avait connu. Elle le ramènerait auprès des siens et contribuerait à sa guérison. Emportée par ses pensées, Juliette se retourna vers Émile, toujours immobile, comme insensible au mégot brasillant qui menaçait de lui brûler les doigts. Le jeune homme sourit tristement :

« J'aimerais tellement ramener un peu de joie sur votre visage, Juliette. J'appréhende de plus en plus de rentrer chez moi. J'imagine ce que je vais faire subir à mes parents : ils vont retrouver un fils qui n'est plus vraiment le leur. Un soldat qui a quitté son poste et qui n'est plus capable de combattre.

— Un soldat incapable de combattre ? Au premier abord, permettez-moi d'en douter. »

Un lieutenant s'était approché silencieusement. Depuis combien de temps écoutait-il le monologue d'Émile ? Malgré ses traits tirés qui dénotaient sa lassitude, son regard inquisiteur éveilla une sourde inquiétude en Juliette.

« Vous n'êtes pas un simple soldat, sous-lieutenant Verdier. Vous aviez disparu depuis l'offensive du 28 décembre dernier. Nous attendons votre rapport. »

Émile articula lentement, les yeux sur les galons maculés de boue de son interlocuteur :

« Lieutenant ? Vous étiez donc à la tête de mon peloton ?

— Vous vous payez ma tête, sous-lieutenant ! Vous étiez sous mes ordres depuis votre incorporation en août 1914. Vous n'avez pu oublier le lieutenant Crignon ?

— Je crains bien que si, lieutenant, et je vous promets que non, le sous-lieutenant Verdier ne se moque pas de vous. »

Juliette s'était approchée et s'efforçait de maîtriser la colère qui montait en elle en adoptant un ton neutre :

« Le sous-lieutenant Verdier a subi un choc traumatique qui a entraîné une amnésie partielle. Il a…

— Amnésie partielle, comme c'est commode. »

Le lieutenant Crignon émit un bref ricanement.

« Alors, c'est tout ce que vous avez trouvé pour camoufler votre lâcheté ? Savez-vous, sous-lieutenant, qu'une partie de votre compagnie est là, prête à partir en permission ? Parviendrez-vous sans rougir à soutenir le regard de vos camarades qui, eux, ne se sont pas défilés sous les balles allemandes ? »

Émile avait baissé la tête sous les allusions insultantes de son officier supérieur. Cependant, ses poings s'étaient crispés et une veine s'était gonflée sur sa tempe. « Tout esprit combatif n'est donc pas éteint en lui », se réjouit Juliette.

Le lieutenant rajusta son calot d'un geste rageur et s'éloigna en lançant :

« Vous êtes aux arrêts, le temps que le Conseil de guerre statue sur votre sort. Vous là-bas ! »

Crignon héla deux soldats qui se dirigeaient vers eux.

« Emmenez cet homme au dépôt.

— Vous ne pouvez agir ainsi, lieutenant ! Émile, défends-toi, par pitié. »

Une lueur de rage traversa le regard gris. L'espace d'un instant, Juliette crut que son ami allait se jeter à la gorge du lieutenant. Mais cela ne dura qu'un bref instant. Le jeune homme vint se placer entre les deux soldats, qui patientaient gauchement, honteux de la désagréable besogne que leur avait assignée le lieutenant Crignon.

« Juliette, c'est sans doute mieux ainsi. »

Le soulagement avait envahi le visage contracté d'Émile.

« Un amnésique n'est d'utilité pour personne. Ni pour l'armée, ni pour sa famille. Je voulais vous dire à quel point j'ai été touché de ce que vous avez accompli pour me sauver. Je ne vous oublierai pas.

— Attention mon gars, tu oublies que tu es amnésique. C'est impossible pour toi de faire de telles promesses à cette pauvre jeune fille. »

Crignon émit de nouveau le petit ricanement désagréable qui déchira les oreilles de la jeune fille, puis il aboya, en se tournant vers les deux soldats pétrifiés :

« Et vous, combien de fois devrai-je vous le répéter ? Foutez-moi ce déserteur au trou ! »

Aveuglée par les larmes, Juliette tituba jusqu'à l'entrée de l'hôpital.

« Attention, mademoiselle ! Vous bloquez le passage pour les brancardiers. »

Le soldat la prit par le coude et l'écarta du chemin. La civière recouverte par une capote militaire ensanglantée franchit la porte. Juliette la regarda sans émotion, comme insensibilisée. Elle dégagea son bras de celui du jeune homme sans un mot et s'éloigna dans la direction opposée. Qu'allait-elle donc chercher dans cet antre de souffrance sans fin ? Qui prêterait une oreille compatissante au sort d'un soldat déserteur, alors que des dizaines d'autres se tordaient de douleur sur leur lit parce qu'ils n'avaient pas reculé devant l'ennemi ?

« Vous ne semblez pas dans votre état normal, mademoiselle, puis-je vous aider ? »

La voix du soldat s'éleva derrière elle, pleine d'une sollicitude difficilement supportable. Cette voix, pourtant… elle avait des intonations familières. Juliette se retourna, le cœur battant :

« Charles !

— Juliette ? Juliette, mon Dieu ! Comment ? N'êtes-vous pas à Paris ?

— Vous voyez bien que non, stupide garçon. »

Juliette renifla discrètement et Charles lui tendit gauchement un mouchoir froissé dans lequel elle enfouit son visage.

« Si vous saviez ce que je suis heureuse de vous voir à mes côtés, bien vivant.

— Et moi donc, ma chère Juliette ! J'en ai presque honte. Les balles allemandes sifflent autour de moi, mes camarades s'écroulent ou disparaissent les uns après les autres, et me voici, après neuf mois de guerre, sans une égratignure. J'espère que vous ne mettrez pas en doute ma bravoure. Je vous assure que je suis parmi les premiers à monter à l'assaut.

— Oh Charles ! Et quand bien même vous ne sortiriez pas de la tranchée, comment pourrais-je vous juger ? Vous êtes vivant, c'est tout ce qui m'importe !

— Que vous arrive-t-il, Juliette ? Vous portez l'uniforme d'infirmière. Vous êtes le salut et le réconfort des blessés. Pourquoi ce discours défaitiste ?

— Je ne sais pas par où commencer, Charles. Je me sens perdue. Trop d'horreurs, trop de tristesse. Je ne sais plus que faire. »

Un bras réconfortant vint envelopper les épaules de la jeune fille qui se mordait les lèvres pour ne pas éclater en sanglots de nouveau. Charles la serra brièvement contre lui, gagné lui aussi par l'émotion.

« Bon ! Vous ne pouvez pas être une héroïne à temps complet, ma chère amie. Maintenant, vous allez vous appuyer sur moi. N'est-ce pas la Providence qui m'envoie vers vous ? Je commence ma permission aujourd'hui et nous allons la célébrer en déjeunant ensemble. »

« Pauvre vieux ! Dans quel pétrin s'est-il fourré… Mais je n'en reviens pas, Juliette, vous l'avez retrouvé ! »

Les deux amis étaient attablés à l'auberge du village qui accueillait les soldats permissionnaires. Charles avait d'autorité installé sa compagne dans le coin le plus discret de l'établissement et lui avait interdit de parler avant d'avoir vidé son assiette. Juliette était trop épuisée pour protester. Après de longs mois à se comporter en adulte – Marie Curie était bien trop occupée à radiographier les blessés pour s'occuper des états d'âme de la jeune fille –, elle trouvait tellement réconfortant de se laisser guider. Malgré sa peine, elle dévorait le poulet à la crème placé devant elle. Charles l'observait plus qu'il ne mangeait lui-même. Comme elle avait changé, sa jeune partenaire de tennis aux boucles indociles, aux joues rondes et enfantines ! Le visage s'était creusé et les yeux gris étaient soulignés de cernes bleuâtres. Les cheveux, strictement tirés en arrière, disparaissaient sous la coiffe d'infirmière. « Une jeune femme, avait-il songé. Une jeune femme triste. Voilà ce que la guerre a fait de Juliette. »

Un peu rassérénée, Juliette repoussa son assiette vide et but une gorgée de vin. Elle grimaça, poussa son verre en direction du jeune homme, et entreprit de lui rapporter les événements des derniers jours. Elle évoqua tour à tour sa joie d'avoir retrouvé Émile, son inquiétude concernant son état et, surtout, la culpabilité dont elle ne pouvait se débarrasser depuis qu'il attendait son jugement dans une cellule.

« Charles, vous savez l'essentiel. Je me sens incapable de prendre une décision. Que va-t-il se passer pour Émile ?

— Il y a plusieurs possibilités. Si j'ai bien retenu ce que vous m'avez rapporté, il est passible du Conseil de guerre et il peut écoper d'une peine d'emprisonnement ou de travaux forcés parce qu'il a quitté son poste. Ne vous affolez pas, Juliette ! Au moins, il serait à l'abri jusqu'à la fin de la guerre… Mais je ne peux pas croire que c'est le souhait de cette vieille Boussole. »

Les deux amis sourirent à l'évocation du surnom d'Émile.

« Vous savez, Juliette, je suis convaincu de l'amnésie d'Émile. Ce n'est pas un simulateur, même si c'est ce que laisse entendre le lieutenant Crignon.

— Celui-là ! J'aurais eu votre Lebel entre les mains, je lui aurais tiré dessus sans le moindre remords.

— Que de violence ! Ceci dit, c'est un sale type. Il n'a aucune considération pour ses hommes. Je suis obligé de reconnaître qu'il est courageux et qu'il sort de la tranchée le premier. Pourtant, Juliette, je peux vous assurer qu'Émile et moi, en tant que sous-lieutenants, n'étions jamais bien loin de lui. Il nous a pris en grippe car nous lui faisions de l'ombre. Cela va paraître prétentieux, mais je vous assure que je m'efforce de vous rapporter la situation de manière impartiale, Juliette. Voyez-vous, Émile était très aimé des hommes de sa section. Il les accueillait, écoutait leurs confidences, leur changeait les idées par des récits de voyages incroyables.

— Oui, j'imagine bien Émile. Il devait leur détailler par le menu les souffrances d'Amundsen par -40 °C au pôle Sud, alors que ses hommes gelaient au fond des tranchées !

— Non, il n'avait pas cette cruauté. Il privilégiait La Pérouse et ses aventures dans le Pacifique. Les hommes rêvaient du soleil des Tropiques et des vahinés... Mais revenons au sujet. Crignon était incapable de la même bienveillance. Comme je vous l'ai déjà dit, c'est un homme courageux et patriote, qui semble n'avoir aucune faille. Il est incapable de comprendre qu'un soldat hésite à aller percer le ventre d'un ennemi avec sa baïonnette. Émile rassurait ses hommes et ne portait jamais de jugement sur eux, même s'il se montrait ferme lorsqu'il le fallait. Crignon avait développé une jalousie maladive à son égard.

— Et envers vous aussi, je pense. Votre modestie vous honore, Charles, mais vous vous comportiez de la même manière qu'Émile, n'est-ce pas ? »

Gêné, le jeune homme toussota avant de bougonner :

« Je suis moins psychologue... J'essayais plutôt de les distraire et surtout de les soigner lorsqu'ils revenaient d'une attaque... un peu... abîmés. »

Les yeux de Charles se perdirent dans le vague.

« Allons ! Si vous êtes un peu remise, ma petite amie, venez avec moi. Discuter avec vous a stimulé mes neurones. J'ai un plan. »

Chapitre 13

La pièce avait été hâtivement débarrassée pour remplir sa fonction. Au fond, deux tables de bois mal équarri, maculées de taches de graisse. Derrière, trois chaises accueillaient les juges : le lieutenant-colonel de Veyrac, le commandant Sevestre et le capitaine Froment.

Émile se tenait assis sur le côté, couvé par le regard anxieux de son avocat, un caporal étudiant en droit. Celui-ci avait proposé de défendre son camarade et, comme l'unité ne comptait aucun avocat dans les parages, il avait été commis d'office. En face d'eux, témoins et accusateurs occupaient les chaises restantes. Parmi les témoins, Charles et l'aumônier de la section. Au rang des accusateurs, seul le lieutenant Crignon figurait.

Le procès se déroulait trois jours après la découverte d'Émile et son emprisonnement. Charles avait obtenu de passer une heure en compagnie du détenu. Il se sentait nerveux et la lueur mauvaise qui brillait dans le regard du lieutenant Crignon contribuait à accroître ses peurs. Étonnamment, Émile conservait un calme olympien.

Il n'avait pas cillé lorsque Charles avait été introduit dans sa cellule. Celui-ci avait pourtant déroulé l'intégralité de leurs souvenirs en commun, mais aucun n'avait ravivé sa mémoire défaillante. Malgré tout, il avait semblé ému de la sympathie que lui manifestait son camarade, et ce dernier ne perdait pas espoir, avec l'aide de Juliette, de soulever le voile noir qui recouvrait les souvenirs d'Émile.

« Accusé, levez-vous ! »

Comme s'il n'était que spectateur de la pièce dont le rideau venait de se lever, Émile se leva posément et planta ses yeux gris dans celui du président de la séance. Le lieutenant-colonel, mal à l'aise, fouilla dans la liasse de papiers disposés sur la table afin de se donner une contenance. Qu'il soit préposé, lui, officier brillamment issu de Saint-Cyr, ancien combattant de la guerre de 1870, au jugement d'un soldat français lui déplaisait au plus haut point.

« Veuillez décliner votre identité devant ce tribunal, je vous prie.

— Verdier, Émile. »

Le jeune homme hésita, saisit la feuille que lui tendait son avocat et poursuivit :

« Sous-lieutenant au 104e régiment d'infanterie, 1er bataillon.

— Vous êtes accusé d'abandon de poste à l'issue de l'offensive du 28 décembre 1914, offensive qui s'est déroulée à Verdun, à 20 kilomètres d'ici. Nous vous écoutons. »

Émile sembla désorienté et se tourna de nouveau vers son avocat qui lui murmura quelques mots à l'oreille.

« Je... Malgré ma volonté de satisfaire aux exigences de ce tribunal, je vous prie de m'excuser pour ma déposition qui sera nécessairement incomplète. Je ne pourrais vous relater que les faits postérieurs à mon amnésie.

— Amnésie ! Cet homme est aussi amnésique que je suis danseuse de ballet ! »

Le président foudroya du regard le lieutenant Crignon, duquel émanait cette interruption déplacée :

« Lieutenant, vous aurez l'occasion d'exposer vos griefs envers l'accusé. En attendant, si vous ne souhaitez pas être jeté hors de ce lieu comme un malpropre, je vous prie de vous taire ! »

Le recadrage sec de Crignon amena un sourire satisfait sur la plupart des visages, mais Charles ne put s'empêcher de ressentir une sourde inquiétude. L'homme allait certainement charger Émile avec une virulence redoublée, pour se venger de l'humiliation que venait de lui infliger le lieutenant-colonel.

Hésitant, Émile fixa son accusateur. Son regard se voila et il secoua la tête comme pour se débarrasser d'une mouche importune.

« Messieurs les juges, voici ce que j'ai vécu et ce que j'ai pu reconstituer grâce aux personnes qui m'ont secouru. »

Et en termes brefs et précis, Émile relata sa découverte dans la grange par le père Blaise, son séjour chez le paysan, sa fuite de la ferme, et enfin ses retrouvailles inespérées avec Juliette qui lui avait confirmé son identité.

Le lieutenant-colonel hochait la tête à intervalles réguliers. Tout, dans le récit du jeune sous-lieutenant, dénotait une personnalité équilibrée, qui avait bénéficié d'une éducation supérieure. Il peinait à se représenter ce jeune homme au regard franc, quoique tourmenté, sous les traits d'un déserteur insoucieux du sort de sa patrie.

« La parole est maintenant aux témoins. Monsieur Blaise Carnot, approchez-vous, je vous prie. »

Embarrassé, triturant sa casquette de laine, le père Blaise vint se placer au centre de la pièce. À proximité d'Émile, il leva un regard embué sur le jeune accusé et esquissa un geste désolé :

« Messieurs les juges, je suis un paysan français, qui a toujours servi son pays. Aujourd'hui, j'suis ben trop vieux pour ça, mais dans le temps, j'ai pas été le dernier à tuer les Prussiens. J'ai fait la guerre de 70…

— Et nous vous félicitons pour votre patriotisme, mon brave. Poursuivez. »

Charles remarqua que le président du tribunal appréciait la présence d'un homme de sa génération qui avait connu les mêmes combats que lui. Cela ne pouvait que le disposer favorablement à l'égard d'Émile. Il fut parcouru par une vague d'espoir qu'il s'efforça de maîtriser en reportant son attention sur le discours du père Blaise.

« Oui, monsieur le président, dans la famille, on aime la France. Mon fils Antonin… »

La voix du père Blaise se fêla, mais il continua :

« Mon fils unique est tombé sur la Marne, en septembre 1914. Deux semaines de guerre et je n'avais plus de fils. Ma femme l'a suivi deux mois après. Elle est morte de chagrin, ma pov' vieille! Enfin, j'suis pas là pour vous narrer mes malheurs. L'Émile, comme on dit par chez moi, je l'ai trouvé dans mon foin. Y savait pus rien, le pov' gars, même pas son nom de baptême. Il avait une blessure à la tempe, pas trop grave, mais ça pissait bien le sang quand même. Alors je l'ai pris avec moi. Pendant deux mois, il m'a remplacé mon Antonin. On voyait bien que c'était un monsieur, qu'il n'avait pas l'habitude des travaux de la ferme, mais il est fort et courageux. Il m'a ben aidé, vraiment, sauf… le père Blaise hésita un instant.

— Poursuivez donc, l'encouragea Veyrac.

— Sauf quand ses crises le prenaient. Une fois, on a entendu une sacrée canonnade… et pourtant on est pas collé au front, monsieur le président! L'Émile, il a pas pu ramener le foin pour les bêtes. Tétanisé, qu'il était. Mais sinon, c'est un brave gars, je puis vous l'assurer. »

Le jeune caporal dévolu à la défense d'Émile posa quelques questions, sans insister. La déposition du père Blaise le satisfaisait pleinement. Elle révélait le traumatisme subi par le sous-lieutenant. Charles vint à son tour à la barre. En termes mesurés, il rapporta ses liens d'amitié avec Émile et son comportement exemplaire depuis le début de la guerre. Il laissa enfin la place au dernier témoin, le père Henri Fortin, aumônier de leur section depuis la mobilisation générale.

« Le sous-lieutenant Émile Verdier est devenu un ami. Nous avions de grandes discussions sur le sens de cette guerre, ce qui ne nous empêchait pas de souhaiter profondément la victoire de la France. Je tiens à rappeler devant ce tribunal, que nous venions de fêter Noël avec nos ennemis. Lors de cette nuit au cours de laquelle les armes se sont tues, nous avons partagé avec les soldats allemands de la tranchée d'en face les mêmes peurs et les mêmes espoirs. J'ai célébré la messe de minuit avec mon confrère allemand, et la même ferveur habitait le cœur des nôtres et celui de nos ennemis. Lorsque trois jours plus tard nous avons reçu l'ordre de prendre la tranchée adverse, Émile est sorti à mes côtés. Comme avant chaque attaque, il a demandé ma bénédiction. La dernière image que je conserve de lui est celle d'un soldat courageux courant sous les obus qui sifflaient de tous côtés. L'un d'entre eux est tombé à quelques mètres de nous, creusant un gigantesque cratère. Lorsque je me suis relevé, après avoir recouvré mes esprits, j'ai cherché désespérément mon camarade jusqu'à ce que l'ordre de repli nous parvienne. J'ai alors abandonné mes recherches, la mort dans l'âme, persuadé qu'il avait enfin gagné le repos éternel. »

Le prêtre marqua une pause, avant de conclure avec fermeté :

« Rien, je le répète, rien dans l'attitude de ce garçon ne permet de soupçonner une quelconque lâcheté. »

L'aumônier regagna sa place. En passant devant Émile, il posa brièvement la main sur l'épaule du jeune homme qui ne manifesta aucune réaction. Enfin, le médecin militaire réquisitionné pour le procès s'avança pour livrer son diagnostic :

« Si ce jeune sous-lieutenant est un simulateur, il possède des qualités d'acteur exceptionnelles. Son amnésie est avérée. Le choc de la dernière bataille a relégué les souvenirs anciens dans des zones cérébrales auxquelles il n'a, pour l'instant, aucun accès. À cela s'ajoutent des crises de panique déclenchées par des sons semblables à ce que l'on peut entendre sur les champs de bataille. »

Le lieutenant Crignon avait écouté l'analyse du médecin avec une impatience non dissimulée. Un rictus mauvais déformait sa bouche mince. Il leva la main :

« Pourtant, depuis son arrivée, Verdier vous a prouvé qu'il avait conservé toutes ses facultés physiques et intellectuelles. En revanche, par le plus grand des hasards, tout ce qui concerne la guerre a disparu de sa mémoire. Comme c'est commode, n'est-ce pas ? »

Le médecin se tourna vers Crignon, étonné par la hargne qui émanait de sa personne. Il reprit patiemment, comme s'il s'adressait à un enfant capricieux :

« Les déficits amnésiques concernent plus volontiers les faits, ou la mémoire déclarative, plutôt que les capacités à faire les choses, ce que l'on appelle la mémoire procédurale. Plus concrètement, les patients ont du mal à mémoriser de nouvelles informations ou se remémorer d'anciens souvenirs, mais conservent intacts la fonction du langage, leurs automatismes de mouvement, comme faire leurs lacets, monter à cheval, etc. Je vous confirme donc que l'amnésie de ce soldat est réelle. Qui plus est, il est atteint de tremblements irrépressibles dès que le volume sonore dépasse un certain seuil. J'ai constaté ces symptômes sur de nombreux soldats et le sous-lieutenant Émile Verdier en fait partie, indubitablement. »

Crignon, seul témoin à charge, éructait de rage :

« Que de témoignages touchants ! En tant que lieutenant du peloton au sein duquel se trouvait cet individu – il désigna Émile d'un coup de menton méprisant –, je pense être à même de vous convaincre de sa culpabilité. Verdier est un sournois, rien ne vibre en lui. C'est un lâche, un mauvais Français, un menteur. Il n'est pas digne de pitié[1].

— Lieutenant, interrompit le président Veyrac, visiblement agacé : des faits, uniquement des faits !

— J'y viens, lieutenant-colonel, j'y viens. Le sous-lieutenant Verdier a déclaré au soldat Jacques Moreau, qui refusait de monter à l'assaut : "Allez mon vieux, nous sommes tous d'accord, cette guerre est absurde ! Mais il faut te faire violence !"

— Avez-vous des témoins de ce que vous avancez, lieutenant ? »

Crignon marqua un temps d'arrêt. Puis, savourant sa vengeance, il se tourna vers Charles.

1. Inspiré d'un réquisitoire prononcé par le lieutenant Crignon contre le soldat Mercier, convaincu de désertion en 1916 et exécuté le 20 août à Dieue (Meuse).

« Son inséparable ami, le sous-lieutenant Maurel, était à mes côtés lorsque nous avons surpris ces paroles. L'autorisez-vous à confirmer mes dires ? »

Charles se leva d'un bond. Quelle naïveté avait été la sienne ! Jamais il n'aurait imaginé qu'un officier issu de Saint-Cyr, exécrable, certes, mais courageux et patriote, puisse manifester un tel acharnement à l'encontre d'un homme. À n'en pas douter, le lieutenant Crignon utilisait le tribunal pour assouvir sa hargne contre celui qui avait su gagner la sympathie des soldats. Charles s'efforça d'affermir sa voix avant de déclarer :

« Mon lieutenant, sauf le respect que je vous dois, je suis abasourdi par la bassesse de votre attaque… mais je vais y répondre ! Oui, monsieur le président, je me trouvais avec le lieutenant Crignon. C'était le 28 décembre 1914, jour de la disparition d'Émile. Il neigeait. Le lieutenant m'avait fait appeler pour régler les derniers détails de notre sortie. Alors que nous discutions, il m'a soudain fait signe de me taire. Nous avons vu Émile emmener dans son gourbi un soldat terrorisé. Il lui a servi un café chaud et a prononcé les paroles que vous a citées le lieutenant Crignon. Or, si ces mots ont bien été prononcés par le sous-lieutenant Verdier, ce ne fut pas dans le but de dissuader ce soldat de monter à l'assaut, mais de l'en convaincre. Certes, mon ami a dénoncé l'absurdité de cette guerre ; est-il, pour autant, un mauvais patriote ?

— Oui, il l'est ! »

Crignon avait bondi et interrompu Charles avec fureur.

« Il l'est car, par le plus grand des hasards, ce même jour, le sous-lieutenant Verdier disparaît à l'issue de l'attaque et est retrouvé sain et sauf quelques mois plus tard. Est-ce admissible qu'il ne se soit pas présenté plus tôt aux autorités, puisque, si l'on admet son "amnésie" – le mot sortit avec mépris de la bouche dédaigneuse de Crignon –, tous ici reconnaissent qu'il n'a pas perdu la tête et que le père Blaise lui avait mis sous le nez sa fiche d'identité avec son unité militaire ? »

Le père Blaise baissa la tête, accablé. Un silence mortel régnait dans la petite pièce humide. Tous sentaient que le sort, d'abord favorable à Émile, basculait en sa défaveur.

« Pour finir, messieurs les juges... »

Le lieutenant Crignon détacha lentement ses mots pour les graver dans l'esprit de l'auditoire tétanisé :

« ...si ma mémoire du Code de la justice militaire est exacte, il me semble que, selon les articles 211 et 218 du Code précité, l'abandon de son poste est sanctionné de la peine de mort. »

Chapitre 14

Irène leva les bras en signe d'impuissance. Elle était assise dans la chambre qu'elle occupait en compagnie de Juliette et de Marie Curie. Charles se tenait en face d'elle, tandis que Juliette, assommée par la dose d'opium que lui avait administrée sa compagne, dormait d'un sommeil agité. Charles se pencha sur le visage de son amie et caressa délicatement la joue pâlie. Irène l'observa et fit remarquer :

« Charles, si vous me permettez de vous appeler par votre prénom, il faut éloigner Juliette d'ici. Ne pensez-vous pas que nous devrions profiter de son sommeil pour la ramener à Paris, auprès de sa famille ?

— Non, non, ce n'est pas judicieux. Ne vous méprenez pas, mademoiselle Irène. Je tiens à protéger Juliette, mais l'écarter à son insu n'est pas la bonne solution. »

Il eut un pauvre sourire :

« Vous la connaissez mal ! Elle est capable de tout pour sauver notre ami.

— Quelles sont ses chances ? Je veux dire : y a-t-il un espoir de salut pour Émile ? »

Charles lui fut reconnaissant de ne pas s'appesantir sur la cruauté de la situation, et la délicatesse avec laquelle elle l'exprima eut un effet bienfaisant sur son esprit meurtri.

« Émile condamné à mort ! » Il se répétait ces mots en boucle, sans parvenir à se convaincre de leur réalité. Le tribunal n'avait pu faire une exception. Même si le jeune homme avait partiellement perdu la mémoire, à partir du moment où il avait pris connaissance de son identité, le règlement militaire lui imposait de rejoindre au plus vite sa section. Or, Émile avait pris la fuite… Charles serra les poings. Son meilleur ami, qu'il avait vu escalader maintes fois sans hésiter les murs boueux de la tranchée, un lâche ! Impossible !

« Il a fait appel, Charles. Le recours en grâce doit être transmis au président Poincaré. N'auriez-vous pas un appui au ministère de la Guerre ?

— Charles… »

Marie Curie avait jusque-là suivi en témoin silencieux les échanges des jeunes gens.

« Je ne peux vous garantir l'utilité de ma démarche, mais, si vous le souhaitez, je tiens à votre disposition une lettre certifiant que votre ami a subi un violent traumatisme. Cela pourrait peser en faveur d'Émile lorsque son dossier sera examiné à Paris. »

Charles s'approcha de la physicienne et emprisonna dans ses mains abîmées par des mois de séjour dans le froid, les mains desquamées par le radium de Marie

Curie. Avec respect, il embrassa les doigts rougis avant de murmurer :

« Que vous soyez prête à engager votre réputation de scientifique pour sauver mon ami me touche infiniment, madame. Tout est bon à prendre. Mais je doute que le président se laisse convaincre par d'autres personnes que des militaires. »

Juliette et Charles s'apprêtaient à partir. Marie Curie avait mis à leur disposition une voiture radiologique pour rentrer à Paris. Charles devait la remonter au front lorsque sa permission serait achevée.

« Vous vous sentez capable de conduire, Juliette ?

— Ne vous inquiétez pas, madame, Charles est à mes côtés. Maintenant, il nous faut partir si nous voulons arriver à Paris avant la nuit. »

Marie s'approcha de la portière et étreignit brièvement la jeune fille. Puis elle la força à plonger son regard dans le sien et prononça d'une voix ferme :

« N'oubliez pas, Juliette. De nombreux recours en grâce ont été accordés. Ce n'est pas le temps des pleurs, mais celui de la lutte. Vous allez remuer ciel et terre, avec Charles, et vous sauverez votre ami. Est-ce bien entendu ainsi ?

— Mé a raison, Juliette. »

Irène avait rejoint sa mère et posé sa main sur celle de Juliette qui regardait droit devant elle pour masquer les larmes qui embuaient ses yeux.

« J'éprouve une grande peine à l'idée de vous perdre. Nous faisions du bon travail ensemble. Mais une tâche tout aussi noble vous attend : sauver Émile ! Et maintenant, dépêchez-vous de partir avant que nous ne sortions nos mouchoirs. »

Irène et Marie reculèrent et observèrent l'automobile s'éloigner en cahotant. Puis, sans se concerter, elles se dirigèrent à pas lents vers la salle de radiologie devant laquelle s'étirait la longue file des brancards.

« Comment cela, nous ne rentrons pas à Paris, Juliette ? La douleur vous égare !

— Écoutez-moi, Charles. Ne me grondez pas. Vous êtes un ami tellement précieux. Sans vous, je me serais complètement effondrée. Nous allons tirer Émile de cette horrible prison. Pendant ces dernières vingt-quatre heures, j'ai eu le temps de reprendre mes esprits et de réfléchir. Nous avons dans nos mains une arme bien plus efficace que la lettre de madame Curie.

— J'avoue être un peu perdu, Juliette. Charles esquissa une moue sceptique. Madame Curie n'appartient certes pas au cercle militaire, mais elle est titulaire d'un double prix Nobel et sa gloire rejaillit sur notre nation… Et vous avez mieux à proposer ?

— Le général Maunoury.

— Notre grand chef? Mais il est entre la vie et la mort, aux dernières nouvelles!

— Détrompez-vous, Charles. Il vient d'être évacué à Villers-Cotterêts et se remet progressivement de sa blessure.

— Admettons... Mais pourquoi s'intéresserait-il au sort d'un de ses soldats?

— Parce que, reprit modestement Juliette, je lui ai rendu service à deux reprises : la première fois en emmenant des soldats au front pour renforcer ses troupes lors de la bataille de la Marne; la deuxième fois en aidant Marie Curie à radiographier sa blessure.

— Eh bien! Il vous doit une fière chandelle, en effet. Mais cela risque d'être plus compliqué que vous ne le pensez. Le général est un militaire intègre et n'ira pas à l'encontre de la décision d'un Conseil de guerre, même pour vos beaux yeux, Juliette.

— Je ne suis pas complètement stupide, Charles. C'est pourquoi j'ai subtilisé, avant notre départ, les témoignages des hommes de la section. Jetez donc un œil dans la sacoche à vos pieds. »

Tandis que le jeune homme, ébahi par le culot de son amie, extirpait du sac le compte rendu du procès, Juliette ajouta avec un grand sourire :

« Et si cela ne suffit pas, j'ai également prévu un joker : vous, Charles!

— Vous n'avez pas fait cela, Juliette? Comment avez-vous pris ce dossier? Quand?

— Le surlendemain du procès. Je marchais comme une âme en peine lorsque j'ai aperçu un soldat sortir de la pièce où avait été jugé Émile. Il portait une chemise remplie de papiers et s'efforçait de refermer la porte derrière lui. Le tout avec la même main. Il était amputé du bras gauche. Évidemment, la chemise est tombée par terre, et les feuilles ont commencé à voler. Je me suis précipitée pour les ramasser. J'ai vite compris qu'il s'agissait de tous les procès-verbaux des soldats récemment condamnés. Alors que le soldat refermait la porte, j'ai repéré celui d'Émile et je l'ai glissé dans la poche de ma blouse. Le brave soldat n'a rien vu. Il était tout confus et multipliait les remerciements. J'en ai profité pour lui demander innocemment ce que contenaient ces dossiers. Il m'a expliqué qu'il s'agissait des copies des témoignages et des jugements destinées à être archivées à l'état-major. Concernant Émile, l'original a été joint à sa demande de grâce qui vient d'être expédiée au président. »

Juliette marqua une pause et se tourna vers son compagnon interloqué par son audace :

« Ne vous inquiétez pas, Charles. Personne ne s'apercevra de l'absence de ce papier. »

Juliette gara l'automobile devant le perron d'une vaste demeure aux murs de brique ocre. Grâce à la croix rouge qui estampillait les portières du véhicule, les deux jeunes gens n'avaient eu aucune difficulté à se procurer l'adresse de la maison où le général effectuait sa convalescence. Charles prit le bras de la jeune fille et ils traversèrent un hall spacieux à la suite d'un vieux serviteur. Celui-ci leur fit signe de patienter, rejoignit une forme étendue dans un transat sur la terrasse et lui murmura quelques mots à l'oreille.

« Amenez-les auprès de moi, François ! Je meurs d'ennui, ici, toute visite est la bienvenue. »

Juliette et Charles s'approchèrent, saisis par l'émotion. Ainsi, le fier soldat qui remontait au galop ses troupes marchant vers le front n'était plus qu'un corps frêle, recroquevillé sous un plaid à carreaux ! Mais le pire résidait en l'absence de regard. Les yeux du général étaient recouverts d'un bandage blanc, comme s'il s'apprêtait à entamer une macabre partie de colin-maillard.

« Jeunes gens, vous pardonnerez à un vieillard inutile de ne pas se lever pour vous accueillir. Que me vaut l'honneur de votre visite ? »

Juliette, vivement émue par la vision du général diminué, prit soudain conscience de l'indécence de sa requête. Elle jeta un regard suppliant à Charles qui vint à son secours :

« Mon général, sous-lieutenant Charles Maurel pour vous servir. J'ai combattu sous vos ordres depuis la bataille de la Marne. J'arrive de Verdun et me rends à Paris pour ma permission. Villers-Cotterêts était quasi sur ma route. Je suis heureux de vous revoir en vie et de vous exprimer de vive voix mon admiration.

— Votre admiration ? En quoi est-il admirable de recevoir une balle allemande dans l'œil lors d'une tournée d'inspection ? Je paie bien cher mon imprudence, cependant… Bref, laissons cela ! Vous êtes accompagné, me semble-t-il ? Les aveugles ont l'ouïe fine, et j'entends le bruissement d'une robe à vos côtés.

— Général, je suis impardonnable. Mademoiselle Juliette Marsay, infirmière à Verdun, est en effet ma compagne de voyage.

— Mademoiselle Juliette Marsay ? Le général marqua une pause. Je connais ce nom. S'agit-il de la jeune fille qui aime à se travestir en chauffeur de taxi ?

— C'est bien moi, général. Vous devez vous interroger sur ma présence, mais avant que je vous l'explique, laissez-moi vous dire à quel point je suis touchée par le sort cruel qui vous frappe.

— Bah ! Un vieux bonhomme comme moi a bien assez vu le monde ! Non, ce n'est pas sur mon sort que je m'apitoie, mais j'enrage à l'idée de ne plus pouvoir servir convenablement ma patrie. Être étendu, ici, quand mes petits gars se font déchiqueter par les obus allemands…

— Justement, général, si je peux me permettre de vous soumettre le cas d'un de vos hommes, en grand danger. Vous seul avez le pouvoir de le sauver. »

Tour à tour, Juliette et Charles rapportèrent au général Maunoury la situation quasi désespérée dans laquelle Émile était empêtré.

« Nous avons bien conscience que les accusations du lieutenant Crignon sont gravissimes, et qu'un soldat a l'obligation de tout mettre en œuvre pour rejoindre son unité lorsqu'il en a été séparé. Cependant – Charles prit une profonde inspiration avant de se lancer –, je suis au regret de vous dire que le lieutenant Crignon est le seul accusateur d'Émile Verdier. Tous les autres témoignages étaient en sa faveur. Si le tribunal l'a condamné, c'est parce que même l'expertise médicale n'a pas été suffisante pour certifier l'état traumatique de notre ami, état qui l'a poussé à fuir et à agir de manière non rationnelle. »

Prenant le relais de Charles, Juliette sortit de sa sacoche une liasse de papiers froissés et entreprit de lire les témoignages de l'aumônier militaire ainsi que celui du père Blaise au général attentif. Celui-ci l'interrompait parfois et lui faisait répéter une phrase, comme pour mieux s'en imprégner. Lorsque Juliette se tut, le général fit appeler son domestique afin qu'il lui apporte son écritoire. Tournant son visage couvert de pansements vers les jeunes gens, il affirma :

« Ce que j'ai entendu me laisse augurer que le recours en grâce sera accordé par notre brave président. Cependant, il est entouré de conseillers partisans de la plus grande sévérité à l'égard de ceux qui sont condamnés pour désertion. Vous comprenez, ces cas, marginaux au début du conflit, ont tendance à se multiplier avec cette guerre des tranchées qui se prolonge. Mais nous allons mettre les points sur les "i" à ce vieux Poincaré ! Il s'est déplacé en personne pour me remettre une médaille militaire la semaine dernière. Il ne peut donc rien me refuser ! Enfin, jeunes gens, ce qui aiderait grandement votre ami, serait de le faire examiner par un spécialiste qui l'aiderait à surmonter son état traumatique. »

Sous la dictée du général, Charles écrivit la lettre destinée à emporter la grâce présidentielle. Puis Maunoury y apposa sa signature, d'une écriture large et maladroite. Mais la main restait ferme et la silhouette prostrée s'était redressée. Lorsqu'il prit la parole, sa voix aux intonations martiales projeta Juliette plusieurs mois en arrière, et elle revécut la scène où, déguisée en chauffeur de taxi, elle avait été priée de rejoindre au plus vite son véhicule.

« Mademoiselle Marsay, votre main, s'il vous plaît. J'espère que vous me faites l'honneur d'arborer sur votre uniforme d'infirmière la croix que je vous ai attribuée pour vos hauts faits ? »

Juliette lança un regard piteux vers Charles dont les yeux pétillaient. :

« Ne soyez pas trop dur avec cette jeune demoiselle, général. Sa modestie l'empêche de porter sa décoration, et pourtant, elle la mérite doublement…

— Doublement ? Expliquez-vous, sous-lieutenant.

— Lorsque madame Curie a radiographié votre blessure, avec une précision qui, j'ose le dire, a permis au chirurgien de vous sauver la vie, l'infirmière manipulatrice à ses côtés était mademoiselle Marsay.

— Décidément, mademoiselle, bougonna le général pour cacher l'émotion qui s'était emparée de lui, vous vous faites un malin plaisir de croiser mon chemin…

Je ne peux que m'en féliciter. Mais il ne sera pas dit que je ne paierai pas ma dette envers vous. »

Sa main caressa le cuir de l'écritoire, y saisit une feuille et traça un nom en lettres majuscules :

« Voivenel. Le docteur Paul Voivenel est l'un des premiers à avoir diagnostiqué les troubles dont sont atteints nos braves soldats. Peut-être parviendra-t-il à réparer la mémoire de votre ami. »

Chapitre 15

Juliette et Charles inspirèrent à pleins poumons l'air glacé du bois de Boulogne. L'hiver avait été exceptionnellement rigoureux et la plupart des lacs étaient encore gelés. Les Parisiens, privés de distractions et désireux d'oublier les nouvelles sombres du front pour quelques heures, semblaient tous s'y être donné rendez-vous. Juliette évita de justesse un couple de téméraires qui virevoltaient à une vitesse vertigineuse et rejoignit Charles. Sans se concerter, ils regagnèrent la berge gelée. Juliette enleva ses gants pour souffler sur ses doigts froids et soupira :

« J'ai presque honte, Charles. Nos soldats donneraient n'importe quoi pour sortir de leur abri glacial, et nous, nous recherchons volontairement le froid, pour notre plaisir !

— Ça suffit, Juliette. Je vous interdis de vous torturer l'esprit. C'est une parenthèse, et seulement une parenthèse. Dans une semaine, je repars au front. Quant à vous… Qu'allez-vous faire, maintenant qu'Émile est entre de bonnes mains ?

— J'y ai longuement réfléchi. Je ne peux pas suspendre mon sort à celui d'Émile. Je crois que j'ai besoin de me sentir utile. Je repartirai sans doute à Verdun, auprès d'Irène et Marie Curie.

— C'est une sage décision, si vos parents vous accordent leur permission. Pour en revenir à Émile, je place un grand espoir en ce professeur Voivenel. Il a publié des articles très prometteurs sur les pathologies liées à la guerre.

— Dire qu'il est en train d'examiner Émile en ce moment… »

Charles garda le silence et Juliette l'imita. Ces trois derniers jours avaient été si riches en péripéties ! Le soir même de leur visite à Villers-Cotterêts, la lettre du général Maunoury était parvenue sur le bureau présidentiel. Poincaré avait aussitôt décroché son téléphone pour appeler le général blessé et obtenir des précisions. Ce dernier avait dû être convaincant, puisque le recours en grâce avait été accordé ! À peine arrivés à Paris, Charles et Juliette avaient appris l'heureuse nouvelle de la décision tellement exceptionnelle qu'elle tenait presque du miracle en temps de guerre. Malgré la fatigue, ils avaient aussitôt repris la route de Verdun pour recueillir Émile à sa sortie de prison. Cependant, une scène leur avait laissé une déplaisante impression…

« Ainsi, vous échappez au poteau d'exécution, Verdier… C'est bien utile, d'avoir des relations haut placées ! »

La voix débordant de rage du lieutenant Crignon était venue doucher la joie de Juliette. Émile venait d'être extrait de sa cellule et, après quelques formalités, il devait regagner la capitale et le foyer familial. Le lieutenant avait fait un pas en avant et toisé le jeune homme :

« Croyez-vous que je vais en rester là ? Laisser un lâche s'en sortir en toute impunité ? Quel exemple donnez-vous à la troupe ? Pensez-vous que nous chasserons les Boches avec une armée de simulateurs et de déserteurs ? »

Pâlissant sous l'insulte, Émile avait esquissé le geste d'abattre son poing sur la figure du lieutenant. Charles l'avait aussitôt fermement ceinturé :

« Surtout pas, mon vieux. Écoute-moi, ma vieille Boussole. Il n'attend que cela. Te faire sortir de tes gonds pour que tu le frappes et, là, ton compte est bon ! Atteinte physique sur un supérieur, tu ne bénéficieras pas deux fois de la grâce présidentielle.

— Charles a raison, Émile. Laissez-le cracher son venin. Personne à part lui ne vous accuse de couardise. Tous les témoins, à votre procès, ont souligné votre courage. Partons.

— Oui, partez ! Partez à l'arrière, bande de planqués ! »

Les yeux fous, Crignon hurlait désormais à pleins poumons.

« Mais nous nous retrouverons, Verdier, je t'en fais la promesse. Je te retrouverai. »

Charles secoua la tête pour chasser l'impression désagréable qui avait terni la libération de son ami. Le cours des pensées de Juliette suivait le même chemin. Elle essaya de se rassurer :

« Quels sont ses moyens d'action ? Il est devenu complètement fou, ce lieutenant !

— Certes, il ne peut s'opposer à la grâce présidentielle. Mais il a clairement découvert ses intentions, sa volonté de vengeance personnelle à l'encontre d'Émile.

— Mais alors, Charles, comment expliquez-vous qu'il ait malgré tout réussi à obtenir sa condamnation à mort ? C'est complètement irrationnel !

— Pas vraiment. Je pense en effet que le tribunal a condamné Émile car les faits l'accusaient. Notre ami aurait dû se présenter à la section après son passage à la ferme du père Blaise, c'est indéniable. Le lieutenant-colonel a opté pour la peine capitale, même si au fond, il espérait la grâce présidentielle. Jusqu'à maintenant, très peu de soldats ont été fusillés pour désertion.

— Bref ! Ces moments atroces sont derrière nous… » Juliette se pencha pour dénouer les lacets de ses patins. Rentrons, Charles. Les Verdier nous attendent pour le déjeuner.

« Ma chère Juliette, venez donc vous réchauffer près de la cheminée. Quelle idée, Charles, de la faire patiner par ce froid ! »

Charles conserva diplomatiquement le silence, mais Émile ne put s'empêcher de lancer avec malice :

« Il me semble difficile de pratiquer ce sport à un autre moment, madame... excusez-moi... Maman.

— Bien sûr, mon cher garçon. »

Et madame Verdier se détourna pour qu'on ne voie pas les larmes perler à ses paupières. Maman ! Dire que son fils chéri était désormais incapable de prononcer spontanément ce mot ! Elle se dirigea vers la salle à manger, et après avoir furtivement essuyé ses paupières avec un délicat petit mouchoir de batiste, elle était redevenue la parfaite maîtresse de maison accueillant ses hôtes avec chaleur et raffinement.

« Cher professeur, dit-elle en se tournant vers le docteur Voivenel assis à sa droite, vous avez autour de cette table les êtres qui chérissent le plus Émile. Nous sommes tous suspendus à vos lèvres. »

Le médecin retira ses lorgnons, les essuya soigneusement à sa serviette de table avant de les remettre sur l'arête de son nez. C'était un homme dans la force de l'âge, que sa barbe et sa moustache taillées avec soin faisaient ressembler à l'empereur Napoléon III. Avec délicatesse, il s'adressa à Émile :

« Je ne puis que vous donner une première impression, après notre consultation de ce matin : vous êtes en bon état de santé physique, malgré une perte de poids importante... Mais je fais confiance à madame votre mère pour vous remplumer. Sur le plan psychique, vous êtes touché par ce que nous appelons dans notre jargon médical, l'obusite : c'est un trouble psychique qui apparaît chez certains soldats exposés à des bombardements massifs d'artillerie. Ce qui me semble encourageant, c'est que, contrairement à bon nombre de vos camarades, vous n'avez ni cauchemars ni hallucinations. Du repos au sein d'une famille aimante devrait venir à bout de ce trouble.

— Docteur, et ma mémoire ? Pensez-vous qu'un jour je rentrerai en possession de tous mes souvenirs ? Je suis là, entouré de mes parents que je dois réapprendre à aimer, de mes amis dont je dois refaire la connaissance… »

Voivenel lissa sa moustache effilée, puis ouvrit les mains en un geste d'impuissance :

« L'amnésie, c'est une autre histoire ! Certains sont partisans de l'électrothérapie, à laquelle je m'oppose absolument : envoyer des chocs électriques au cerveau équivaut à une forme de torture ! De plus, cette méthode n'a donné aucun résultat significatif. Faites confiance au temps. Que vos proches vous mettent en contact le plus souvent possible avec les lieux, les objets, les personnes qui ont peuplé votre jeunesse. Et peut-être, un jour, votre mémoire fera sauter le cadenas qui la retient prisonnière.

— En tout cas, docteur, vous avez souligné ma bonne forme physique. Et mon esprit fonctionne normalement, mis à part cette maudite perte de mémoire. Il n'est donc pas question que je reste dans le cocon familial, à me tourner les pouces, tandis que mes compagnons se font écharper. »

Un cri déchirant sortit de la gorge de madame Verdier :

« Non, non, mon cher enfant ! Crois-tu que je te laisserais repartir après avoir pleuré ta perte pendant des mois… Raisonnez-le, docteur, et vous aussi, cher ami, ajouta-t-elle en se tournant vers son époux désemparé.

— Votre mère a raison, Émile. Vous n'êtes plus capable de combattre. Je comprends que vous souhaitiez laver votre honneur et prouver que vous n'êtes pas un lâche. Mais vous ne tiendriez pas une journée dans les tranchées sous les sifflements des obus ennemis, croyez-moi. »

Émile répliqua avec vivacité :

« Cela, je l'ai bien compris, docteur. Mais une guerre se gagne aussi avec les combattants de l'arrière. Il paraît que j'ai fait des études de droit. Peut-être pourrais-je défendre des soldats faussement accusés, comme je l'ai été. Des bribes de Code pénal me traversent régulièrement l'esprit. »

Il ajouta, avec un brin d'amertume :

« N'est-ce pas étrange que ma mémoire ait conservé des articles de lois plutôt que les noms et les visages de ceux que j'aime ? »

Chapitre 16

Après les rigueurs de l'hiver, les blessés aspiraient avec délices l'air tiède et printanier. En ce mois de mai, Juliette et Irène avaient sorti chaises et transats à l'extérieur de l'hôpital afin que les soldats les moins atteints puissent profiter du soleil. Maurice Rabot, malgré sa jambe droite amputée, avait aidé les deux jeunes filles dans leur installation, en apportant les plaids destinés à couvrir les soldats.

« Sortons en priorité les gazés[1], Juliette. Le soleil ne peut qu'avoir un effet bénéfique sur eux. »

Docilement, Juliette acquiesça. Elle avait repris son travail auprès de Marie et Irène Curie, mais la flamme qui l'animait semblait éteinte. Pourtant, la physicienne prenait soin de lui confier des activités variées, bien consciente qu'une jeune fille de quinze ans avait tendance à se lasser des tâches répétitives. Juliette était respectivement chauffeur, infirmière, manipulatrice radiologique. Malgré cela, elle accomplissait son labeur sans

1. Soldats dont les poumons ont été abîmés par les gaz toxiques envoyés dans les tranchées.

conviction. Dès qu'elle disposait d'un jour de congé, elle prenait le volant pour retrouver Émile qui avait rejoint l'état-major situé à Verdun. Son ami semblait désormais obnubilé par un seul objectif : démontrer son utilité au sein de cette guerre qui semblait ne jamais devoir s'achever.

« Il y a peu d'offensives, en ce moment, fit observer Irène en rajustant une mèche frisée sous son voile immaculé. Savourons l'accalmie, elle sera sans doute brève. Vous partez tout à l'heure pour Verdun, Juliette ?

— Votre mère m'envoie au ravitaillement. Le stock de morphine est au plus bas, il ne nous reste plus que trois caisses de gaze pour les pansements et les dernières bouteilles d'antiseptiques sont presque vides.

— Vous en profiterez sans doute pour voir Émile ? »

Juliette perçut une fêlure dans le ton détaché d'Irène et elle baissa la tête. Sa conscience lui soufflait qu'elle tirait parti des avantages que lui apportait le soutien de Marie et Irène, puis qu'elle les délaissait lorsqu'elles ne lui étaient d'aucune utilité. Elle ne proposait plus jamais à Irène de s'échapper à ses côtés, quelques heures, loin de l'atmosphère étouffante et mortifère de l'hôpital. Tel un animal blessé, elle ne voulait aucun témoin à sa souffrance. Aucun témoin à ses visites régulières, rencontres au cours desquelles Émile l'accueillait avec une attention polie mais un peu distraite, qui ressemblait si peu à la personnalité de son ami… Juliette secoua la tête pour chasser les pensées déprimantes qui y tournaient en boucle et proposa en souriant :

« Votre mère accepterait-elle que vous m'accompagniez ? Nous pourrions aussi passer chez Braquier, faire provision de dragées[2]. Nos blessés méritent bien quelques douceurs.

— Eh bien, vous me prenez par les sentiments, Juliette ! Je ne peux résister à cette délicieuse proposition. »

Le cœur plus léger, Juliette suivit des yeux la silhouette gracile d'Irène qui courait vers l'hôpital. À son tour, elle se dirigea vers le véhicule de la Croix-Rouge et entreprit d'actionner la manivelle pour démarrer le moteur.

Quelques heures après, les deux jeunes filles roulaient en direction de Verdun tout en devisant gaiement. La brise tiède et les senteurs florales printanières s'engouffraient à l'intérieur de l'automobile. Juliette libéra ses mèches indociles du voile qui les emprisonnait toute la journée, et elle brandit le bout de tissu par la fenêtre, le laissant claquer dans le vent.

« Juliette s'il vous plaît, supplia Irène en réprimant un éclat de rire, gardez vos mains sur le volant !

— Jamais de la vie, chantonna la conductrice. Je suis libre, libre, libre !

— Libre de nous envoyer dans le décor », répliqua Irène en se penchant pour maintenir le volant alors que l'automobile se déportait insidieusement vers le fossé. « Inutile d'ajouter des blessés supplémentaires à notre hôpital déjà bien rempli. »

2. Spécialité de Verdun constituée d'une amande enrobée de sucre.

Un peu dégrisée, Juliette réduisit sa vitesse tout le reste du trajet. Les jeunes filles firent un premier arrêt à l'usine du Coulmier où elles firent l'emplette de plusieurs kilos de dragées. Apprenant qu'elles étaient destinées aux blessés de guerre, le confiseur leur en offrit généreusement trois sacs supplémentaires. Puis elles récupérèrent auprès de l'ouvroir de la ville des bandes de tissu et de la charpie, ainsi que les médicaments dont le médecin chef leur avait remis la liste. Elles arrivèrent enfin au quartier général de Verdun, où Émile était employé au service de cartographie.

« Tiens, lança Juliette d'un ton enjoué, voici son camarade de bureau, Julien Erard. Bonjour Julien, pourriez-vous signaler à Émile notre arrivée ? Peut-être aura-t-il le temps de nous accompagner boire un thé en ville… »

Une ride soucieuse barrait le front du jeune homme qui ne répondit pas tout de suite. Puis il finit par lâcher avec réticence :

« N'êtes-vous donc pas au courant, mademoiselle Juliette ? »

Devant le signe de tête négatif de la jeune fille, il poursuivit :

« Émile a été réquisitionné comme avocat pour défendre un jeune soldat accusé de désertion et jugé cet après-midi. »

Le jeune homme tira de la poche de son gilet une montre à gousset et poursuivit :

« Cinq heures. Le jugement a dû être rendu.

— Où cela s'est-il déroulé ? questionna Irène d'une voix pressante.

— Le tribunal est à 200 mètres. On le voit d'ici, mesdemoiselles.

— Dépêchons-nous, Juliette ! Il ne faut pas laisser Émile seul… »

Irène ne termina pas sa phrase, mais Juliette savait qu'elles avaient eu la même intuition : si le jugement était défavorable au soldat, on pouvait tout craindre des réactions d'Émile.

Sans souci de leur dignité, les deux infirmières retroussèrent leur jupe d'uniforme et coururent à perdre haleine dans la direction indiquée. Lorsqu'elles arrivèrent, un planton leur désigna la salle où venait de s'achever le procès. Elle était déserte, à l'exception d'un capitaine, qui avait visiblement siégé au tribunal, et qui restait prostré à sa place. L'introduction bruyante des deux jeunes filles dans la salle lui fit relever la tête.

« Mesdemoiselles ? »

Le militaire retira son képi et s'efforça d'adopter un ton courtois :

« Que puis-je faire pour vous aider ? »

Trop bouleversée pour parler, Juliette laissa Irène, toujours calme et précise, exposer la situation. Le regard du capitaine se voila :

« Ainsi, le jeune avocat est l'un de vos amis ? Il a défendu ce malheureux Mangin du mieux qu'il a pu. Mais le cas de simulation était avéré, et l'accusateur était implacable. Non pas que je défende les déserteurs et les tire-au-flanc, mesdemoiselles. Mais le soldat Mangin a agi ainsi car il n'avait plus toute sa tête. Son cas relevait de la psychiatrie, et non de la justice militaire.

— Qu'avait-il donc fait? interrogea Juliette d'une voix tremblante.

— Une heure avant l'attaque prévue contre les Allemands, il a levé sa main au-dessus du parapet de sa tranchée, en l'éclairant avec son briquet pour qu'elle soit bien visible des tireurs ennemis. Une balle lui a emporté trois doigts. Ainsi, il s'était mis dans l'incapacité de tenir un fusil. Malheureusement pour lui, le lieutenant Crignon a été témoin de son geste…

— Le lieutenant Crignon?

— C'est le lieutenant qui dirige le peloton où avait été incorporé Mangin. Un militaire courageux mais implacable. Il l'a immédiatement fait traduire devant le Conseil de guerre. Son procès a été bâclé. Un étudiant en droit comme avocat, pas de recours en grâce possible. Mangin sera fusillé demain à l'aube. »

Chapitre 17

Une fois la décision rendue, Émile avait tant bien que mal réprimé son émotion pour réconforter le soldat paniqué. Mais, très vite, Mangin avait été reconduit à sa cellule, avec pour seule autorisation de visite celle de l'aumônier. Émile était alors lentement sorti du tribunal. Un immense découragement s'était emparé du jeune sous-lieutenant, car il se considérait en partie coupable de l'issue du procès. Pourtant, il avait plaidé avec une conviction profonde, et les témoins lui avaient tous assuré que le cas était jugé d'avance. Crignon, tel un bouledogue accroché à son os, n'avait rien lâché et démonté l'un après l'autre tous ses arguments. Crignon, justement, plastronnait devant la porte et se félicitait à haute voix du verdict, devant un auditoire qui lui était acquis. Il avait fait remarquer à Émile, d'une voix fielleuse :

« Quelle étrange sensation, Verdier, n'est-ce pas ? Se trouver successivement à la place de l'accusé, puis dans le rôle du défenseur ? Pourtant, je dois admettre que vous étiez excellent dans votre rôle : un lâche défendant un autre lâche ! »

Émile avait contenu la vague de haine qui menaçait de le submerger, mais les paroles de son ennemi se gravaient dans son esprit tel un fer incandescent marque les chairs de manière indélébile.

« *Un lâche défendant un autre lâche... Un lâche défendant un autre lâche...* » Tel un somnambule, il dirigeait ses pas vers la Meuse, loin de la justice humaine, loin du ricanement mauvais du lieutenant.

Après tout, ne serait-ce pas la meilleure solution que de se laisser sombrer dans cette eau sombre et fraîche, et délivrer ainsi de sa présence une famille et des amis qu'il ne reconnaissait plus ? Seule la mort pouvait lui faire oublier que non seulement il s'était conduit en lâche, mais qu'il n'avait même pas été capable de sauver l'un de ses semblables.

Fasciné par le ruban sombre qui coulait à ses pieds, il s'approcha de la berge abrupte jusqu'à ce que l'eau noire vienne lécher les semelles de ses chaussures.

« Que voilà une excellente initiative, retentit une voix railleuse derrière lui. Je n'aurai même pas à vous achever. »

Se retournant lentement, Émile découvrit le lieutenant Crignon au-dessus de lui, qui brandissait son arme dans sa direction.

« Je vous l'avais promis, Verdier. Le sort nous a remis en présence cet après-midi, et je ne crois pas au hasard. Puisque vous avez refusé la justice légale, il est de mon devoir de réparer cette erreur. Allons, finissons-en. »

Les yeux luisant d'une lueur mauvaise, Crignon s'approcha sans cesser de tenir son ennemi en joue.

Émile reprenait lentement ses esprits. Le pistolet braqué sur sa poitrine fut un électrochoc et lui fit prendre conscience à quel point il tenait à la vie. Fort de cette énergie nouvelle, il inspira calmement et répliqua :

« Avant de m'assassiner, vous me devez une explication, lieutenant. Pourquoi cet acharnement à mon égard ? Comment un officier français en est arrivé à souhaiter la mort d'un autre Français ? Ne croyez-vous pas que vous vous trompez d'ennemi ?

— Vous allez l'avoir, votre explication, Verdier ! J'ai vu clair dans votre petit jeu. Vous avez d'abord tenté de monter les hommes contre moi en les abreuvant de discours pacifistes et antipatriotiques. Votre intention secrète était de soulever le peloton contre moi, de fomenter une révolte et de m'abattre ! Lorsque j'aurais disparu, vous et les hommes de cette section, tous aussi couards les uns que les autres, vous vous seriez fondus dans la nature ! Et les Boches se seraient répandus partout, tels des cafards… »

« Il est fou, songea Émile, consterné. Il a complètement perdu l'esprit… »

« Vous ne me tuerez pas, lieutenant. » Émile avait adopté le ton apaisant d'un père qui tente de ramener son enfant à la raison.

« Votre carrière serait fichue et vous n'avez que cela pour remplir votre existence. L'armée est votre vocation. Si on vous en chasse, votre vie est finie.

— L'armée ne m'en voudra pas de la débarrasser d'un parasite tel que vous ! Au contraire, je suis sûr de monter en grade… Capitaine… Commandant… Je finirai peut-être même général, comme notre vieux Maunoury ! Et je vous assure qu'il n'y aura plus de place pour les petites natures dans votre genre ! »

Incapable de refréner sa pensée plus longtemps et conscient du danger auquel il s'exposait, Émile s'exclama :

« Vous êtes définitivement cinglé et inapte à comprendre les hommes qui vous sont confiés. Vous avez peut-être manifesté un grand courage devant le danger, je ne m'en souviens plus, et cela m'est égal. Ce dont je suis sûr en revanche, c'est que vous ne serez jamais un meneur d'hommes. Vous resterez toute votre vie un militaire médiocre et vindicatif. »

Émile crut que Crignon allait lâcher son arme et se jeter sur lui pour l'étrangler, mais, curieusement, celui-ci se maîtrisa et articula lentement :

« Vous avez raison, Verdier. Je ne vais pas vous tuer. Vous allez vous en charger vous-même. »

Sans laisser à Émile le temps de réagir, il bondit à ses côtés et lui colla le pistolet sur la tempe. Puis il força celui-ci à empoigner la crosse et écrasa l'index du jeune homme sur la détente.

« Émile ! »

Le hurlement de Juliette déstabilisa un bref instant Crignon. Émile en profita pour lui asséner un violent coup de poing à la mâchoire et l'arme tomba sur la berge.

Sous les yeux horrifiés d'Irène et Juliette, qui avaient été témoins des derniers échanges, les deux hommes ne formèrent bientôt plus qu'une masse indistincte, dont deux mains émergeaient, tâtonnant à l'aveugle pour se saisir de l'arme. Alors que Juliette se précipitait vers les combattants, une main saisit le pistolet. Un coup de feu éclata et les corps basculèrent dans la Meuse.

Juliette n'hésita pas davantage. Se débarrassant de sa lourde cape, elle finit de dévaler la berge abrupte et se laissa glisser dans l'eau glacée, tandis qu'Irène courait vers l'embarcadère où s'alignaient quelques barques isolées.

Maladroitement, alourdie par ses vêtements, elle se dirigea vers l'endroit où les deux corps venaient de disparaître. À la surface, les remous diminuaient et les eaux redevenues étales dégageaient un calme inquiétant.

« Émile ! Émile ! »

Battant frénétiquement des pieds pour s'empêcher de couler, Juliette scrutait avec désespoir les profondeurs du fleuve. Ses bras s'engourdissaient. À quelques dizaines de mètres, elle aperçut la barque qu'Irène avait réussi à détacher et la silhouette de son amie ramer frénétiquement à sa rencontre.

Rassemblant ses forces, elle inspira profondément avant de bloquer son souffle et de s'enfoncer sous l'eau, mais l'élément liquide était aussi opaque que de l'encre. Elle refit surface en hoquetant.

« Aaah !... »

Elle poussa un cri.

Une masse informe s'accrochait à son mollet. Juliette donna un coup de talon instinctif pour s'en débarrasser.

« Mon Dieu, qu'ai-je fait ? Émile ! Émile ! »

Malgré l'épuisement qui commençait à gagner ses membres engourdis, elle se laissa à nouveau couler dans l'eau profonde, à la recherche du corps du jeune homme. Elle saisit une manche d'uniforme et, d'un effort désespéré, l'attira vers la surface.

La masse se retourna et Juliette distingua avec horreur l'ovale blafard d'une figure. De terreur, elle lâcha le bras et le visage se flouta progressivement tandis que le corps gagnait les profondeurs de la Meuse.

« Émile ! Ce ne peut pas être toi, Émile, je t'en prie ? Dis-moi que tu es vivant… Ah ! Lâchez-moi !

De nouveau des bras puissants l'agrippaient par-derrière et Juliette, galvanisée, se débattit violemment.

« Aidez-moi, Irène ! Au secours ! »

Irène, qui avait mené l'embarcation au plus près de Juliette, leva sa rame d'un air farouche et s'apprêta à l'abattre sur la tête du nageur qui jaillissait de l'eau lorsqu'une voix à bout de souffle suspendit son geste :

« Irène, c'est moi, Émile. Pre… Prenez-la, je… n'y arrive plus. »

Unissant leurs forces, Irène et le nageur firent basculer Juliette dans la barque. Prenant appui sur ses mains, Émile s'échoua à son tour au fond de l'embarcation aux côtés de la jeune fille. À bout de forces, ils fermèrent les yeux tandis qu'Irène ramenait la barque sur la berge.

Une heure plus tard, ils étaient assis tous les trois dans un petit salon. Émile avait revêtu un uniforme sec, tandis que Juliette flottait dans une large robe que le supérieur d'Émile était allé chercher auprès de son épouse. Elle resserra le plaid écossais autour de ses épaules et rapprocha sa chaise de la cheminée illuminée par une généreuse flambée. Elle ne parvenait pas à se réchauffer, malgré le thé bouillant que venait de leur servir un jeune soldat. Irène, elle, attachait son regard pensif sur Émile, étrangement silencieux. Elle allait l'interroger, lorsque le soldat de faction fit irruption dans la pièce.

« Mon lieutenant, on vous demande pour l'identification du corps qui vient d'être retiré de la rivière. »

Juliette serra convulsivement ses mains autour de sa tasse de thé. Toujours silencieux, Émile se leva et sortit à la suite du soldat. Il revint au bout d'un quart d'heure, une expression sereine sur son visage marqué par la fatigue. Il tira son fauteuil auprès de celui de Juliette et emprisonna ses mains dans les siennes.

« Le cauchemar est fini, ma petite Juliette. Crignon est mort. Il y aura sans doute un procès, mais vous avez toutes deux été témoins de l'attaque. Et le dossier des états de service de Crignon est loin de plaider en sa faveur. Beaucoup d'autres seront prêts à témoigner de ses excès et de son comportement inacceptable en bien des occasions. Le général m'a garanti que je serai innocenté. »

Émile se tut un court instant avant de reprendre lentement :

« Mon héroïque amie. Ma petite Suzanne Lenglen. »

D'une voix blanche, Juliette balbutia :

« Pourquoi m'appelles-tu ainsi, Émile ?

— Parce que tu es une merveilleuse joueuse de tennis et que je garde le souvenir de l'écrasante victoire que nous avions remportée contre Marthe et Charles, le jour de la déclaration de guerre. Ne me dis pas que tu l'as déjà effacé de ta mémoire ? Pour moi, ce souvenir éclairait la nuit des tranchées, aplanissait les cratères du *no man's land*, gommait l'angoisse qui précédait les attaques. Ce souvenir qui surgissait de ma mémoire dès que je caressais un petit ruban de soie ivoire… »

Fin

en attendant de retrouver très vite Juliette et Émile...

Achevé d'imprimer par CPI Bussière,
en août 2022
N° d'imprimeur : 2066729

Dépôt légal : octobre 2022

Imprimé en France